BÁRBARA ARENA

Un adiós

Colección Episodios Nacionales

Lengua de Trapo

CÍRCULO DE BELLAS ARTES

Se pone el *shatush*, se abomba un poco el pelo. Su hermana le ha dicho que no debería ir, la ha regañado (como siempre); es absurdo, le ha dicho, no pintas nada, le ha dicho. Para qué. No te van a dejar pasar. Habrá cámaras, no vayas. Su hijo se ha quedado callado. Desde que se enteró de la muerte, la ha llamado pocas veces. ¿Le da vergüenza? ¿Se avergüenza de sí mismo o de ella? Quizá las dos cosas; vergüenza de sí mismo, bebé de la vergüenza, y de ella, la madre —su madre— que le engendró en circunstancias vergonzosas. Le gustaría hablar con él. Hablar de verdad. Cogerle la cara y decirle que nació del amor o de lo que ella creía que era amor o de lo que ella creía que sería amor. No le ha mentido nunca. Omitir, sí, pero jamás mentir. En eso es distinta a ellos, a todos. Ella a su hijo no le miente. Recuerda la conversación en el coche, él aún pequeño, con esos ojos verdes y el pelo rizado; le llevaba al colegio y de repente, sin preámbulo, soltó la pregunta (pregunta que ella sintió como un cuervo chocando contra el parabrisas). «¿Quién es mi padre?». Quién es mi padre. Quién. Es. Mi. Padre. Se quedó callada un rato antes de contestar, no quería equivocarse. «Tu padre es un señor bueno del que no puedo hablarte ahora por razones que entenderás cuando te explique todo». Creía que él protestaría o atacaría de nuevo, pero no añadió nada.

Cuando llegaron a la puerta del colegio, se bajó y se fue. «¡Adiós, mi amor! Luego te veo», le gritó por la ventanilla. Él se dio la vuelta para despedirse con la mano. No parecía enfadado. Casi nunca se enfadaba, y menos con ella. Era extraño que no hubiera salido más mimado, más idiota. Él era lo contrario de idiota. Una vez, mientras esperaban a que les atendieran en el dentista, ella leyó en una revista especializada que una de las señales que alertaban de que un menor podía estar sufriendo es que fuera él quien se ocupara del cuidado de sus progenitores y no al revés. Se quedó pensando y más tarde le costó dormir. Él siempre la cuidaba, como si detectara en ella una fragilidad esencial que, pese a constituir su yo, solo fuera perceptible a sus ojos. ¿Qué veía en su madre para perdonarle todo, para no exigirle nada? Hasta que cumplió diecisiete años no volvió a tocar El Tema. Lo hizo una madrugada, al llegar de fiesta. Ella se despertó al oírle entrar en casa y se levantó de la cama cuando los sonidos, desagradables, revelaron que estaba vomitando. Se acercó al cuarto de baño de invitados, se puso de rodillas junto a él y le sujetó la frente, acariciándole también la espalda, intentando amortiguar el ruido con su propia suavidad. Una vez hubo acabado, le acompañó al salón y allí se quedaron los dos, hundidos entre los almohadones del sofá, en silencio. El aire frío del invierno se acumulaba estático, la luz era azul. «¿Quién es mi padre?», dijo de pronto. Esa noche le regaló el nombre completo.

Se mira en el espejo del *hall*. ¿Es una mujer guapa? No exactamente, pero tampoco es una mujer fea. Ni se retoca ni se pincha ni se estira, apenas va a la peluquería, no usa cremas y aparenta bastantes años, pero en su día tuvo su público. En realidad fue Mati, su hermana, la que la arrastró a una vida social que sola no se habría ganado, y a lo mejor fue por Mati que le surgieron pretendientes que no está segura de haber merecido. ¿Fue así como ocurrió? No. No es cierto. También ella había sido atractiva. Lo que pasa es que a Mati una mañana le salió un pecho de escándalo, y entre eso y que se vestía con gracia y que se pellizcaba los mofletes para ponerlos colorados y que andaba como un patito presumido, terminaron multiplicándose las invitaciones a comidas y cacerías y guateques; planes a los que, por orden de su padre, la acompañaba ella. No le daba envidia la inevitable comparación, al revés; le gustaba diferenciarse de su hermana, hacer virtud de la carencia, encarnar el opuesto con orgullo. Era alta, de espalda ancha y piernas atléticas; pómulos marcados, sonrisa amplia. Tiraba mejor que la mayoría de los hombres, montaba a caballo y opinaba sobre cosas. Fernando le dijo una vez que se enamoró de ella por su forma de hablar. De Mati era imposible enamorarse por su forma de hablar, no tanto porque fuera tonta como porque le encantaba parecerlo. A su padre le incomodaban ambas, una por pava y la otra por... ¿obstinada?, ¿lenguaraz? A su madre no le incomodaba ninguna porque, aunque pasara el día con ellas, no las conocía del todo (para su madre cualquier niña era eso, una niña, y sus peculiaridades algo así como pinceladas coloridas sobre un cuadro que al final resultaba siempre el mismo).

Se mira en el espejo del *hall*. En el gris de sus ojos siempre encuentra un motivo para consentirse la vanidad. Ha pedido al portero que la avise cuando esté el taxi. Se recuerda dar la dirección sin enredarse en demasiadas explicaciones. Cuando se pone nerviosa, habla de más. A quién le importa a dónde va o lo que tiene que hacer. Le tiemblan las manos. ¿Por qué? ¿Qué ha hecho ella mal? Don Julián le dijo que los hombres son débiles, que corresponde a las mujeres mantenerse firmes, oponer resistencia... No supo reaccionar, arrodillada por obligación en aquel confesionario oscuro, minúscula por entonces bajo el peso de la autoridad (la autoridad de Dios, nada menos). Tantos miércoles tuvo que verle después la cara al cura (cuando su madre enfermó, don Julián iba cada semana a comer con ella; Mercedes le preparaba un menú especial, huevos escalfados sobre pisto, pastas de Embassy con el café del postre). Le hubiera gustado insultarle, tirarle el vaso de agua encima de la calva, escupirle en el helado (ojalá hubiera estado más loca, tan loca como algunos creían que estaba). Él la miraba con desdén o condescendencia o autocomplacencia o un tipo de arrogancia amable que la enervaba más que el desprecio (era como si ella le hubiera hecho un favor errando, por concederle su error el poder de perdonarla). No obstante, bastaba que apareciera el niño para que el muy cobarde se plegara como una serpiente. «No es el mesías», le habría gruñido ella, «y además es mío». Verle someterse, servil, le procuraba cierta satisfacción; le enorgullecía tener el cuerpecito de su hijo, tan guapo todo él, como escudo frente a la maldad del mundo. Era un fenómeno curioso, ese. A su padre solía ocurrirle igual: el nieto (a cuya madre ya no miraba del mismo modo) le subyugó por completo. Que causara ese efecto en ellos, dos hombres adultos, le confirmó que era mejor que se guardara el secreto. Nadie más debía saber nada.

Baja por las escaleras. Fuera se intuye una mañana soleada. En los últimos años, el barrio se ha ido transformando. El cambio lo ha propiciado, o al menos acelerado, eso que un periódico llamó «el éxodo latino». Ricos que huyen de la deriva política de sus países. Little Caracas, tituló La Sexta. También hay mucho mexicano. Eligen esta ciudad para invertir y compran a tocateja pisos en las calles más caras de Madrid. «El epicentro de la inmigración *deluxe*». Se han abierto bares y cafeterías al compás de la nueva clientela, un restaurante que podría estar en el Soho de Nueva York (apunte de la exnovia de su hijo, que es arquitecta) y dos hoteles más, aparte del Ritz, que ahora anda en proceso de reforma; la subida del valor del metro cuadrado la beneficia directamente, pero ni así se quita la sensación rara que le producen estas mujeres con mallas negras y zapatillas enormes, desproporcionadas a su juicio, y gafas de sol y gorras y airpods, que caminan rápido alrededor del Retiro, con un entrenador, o salen y entran del estudio de pilates que una de ellas, la tal Elizabeth, ha montado a tres pasos del Jardín Botánico (el dinero que deben de tener). Hasta sus perros son distintos. Perros probeta (se arrepiente al instante de esa observación; los perros carecen de culpa, ella adora a los perros, ¡a todos! No en vano existe esclavizada por los reyes del mambo, Shoot y Mus, sus dos *jack russells,* fuente inagotable de preocupaciones y alegrías, últimos de una larga lista de animales que han pasado por su familia y por su casa desde Mon, el primigenio y más querido, un labrador negro que, valiéndose de su olfato, detectaba enfermedades en humanos antes incluso de que aflorasen los síntomas. Después llegarían Rita —la Rita—, Bamba, Bell, Teo, Ron, Otto... algunos suyos y otros de unos vecinos insensatos, los del sexto, que se quedaban cachorros de camadas amigas y que, pasados los efectos enajenantes del capricho, llamaban a las hermanas con voz apagada, suplicando, excusándose, sabedores del placer que proporcionaba a ambas la compañía canina, ávidos de encontrar al rechazado un hogar cuyos buenos cuidados redujeran su culpa. No desaprovechaban ellas la oportunidad de juzgar con dureza, claro, pero, a pesar de quejarse, recibían al huérfano con los brazos abiertos, complacidas no solo por la adición sino por el alcance y la notoriedad de su propia benevolencia. Su padre solía decir que a un perro hay que ponerle nombre de perro, nada de Lucas o de Martín; un nombre de perro que además fuera corto, de una sílaba a ser posible, para aumentar la efectividad de las órdenes. Ellas procuraban hacer caso, pero a veces sucumbían a la tentación de la extravagancia).

De no haberlo heredado, nunca se podría haber permitido el piso en el que vive. De hecho, no sabe dónde podría permitirse vivir. Bueno —se corrige—, falso dilema. Sin la certeza de la herencia, se habría desarrollado de otra manera. Contaría, quizá, con habilidades útiles. A Mati y a ella no solo no las educaron para trabajar, las educaron para no trabajar, imbuidos todos en su familia de una fe ciega en que el dinero no se acabaría (y podría no haberse acabado, si se hubiesen hecho las cosas bien). Que las mujeres de su generación y de su círculo trabajaran era una rareza, y si algo detestaban en su casa eran los arranques de originalidad. Aun así, ella insistió en estudiar en la universidad. Recuerda que se moría de ganas. Por fortuna, su padre encontraba que las carreras de letras eran un buen pasatiempo para las jóvenes inquietas, una especie de accesorio conveniente, y aunque su madre recelaba del entorno académico y su pérfida influencia, a esas alturas ambos comprendían que contra ella había batallas que no podrían ganar. No terminó la carrera, claro, pero se matriculó y cursó un año y medio, tiempo suficiente para recolectar la clase de experiencias a las que en ocasiones todavía recurre, cuando necesita recuperar cierto sentido de identidad. *Ella también fue eso.*

—Buenos días, ¿a dónde vamos?

El taxista lleva la radio puesta, su cuerpo se tensa. «A la iglesia de...». No se habla de otra cosa, desde el lunes abren los medios con el asunto. Consenso general en el tono, lo cual resulta deprimente. En otra época, una noticia de este calibre habría originado intensísimos debates, discusiones entre tertulianos-papagayo de izquierdas y derechas, extensas reivindicaciones, o quizá lo opuesto, un respeto casi asfixiante, miedo a tocar algunos temas, a cuestionar la figura... La sombra colosal de una institución cerniéndose sobre las cabezas de hasta los periodistas más críticos. Hoy ni una cosa ni la otra; las vísceras hace tiempo que quedaron expuestas y sobrexpuestas, el escándalo ha sido manoseado como la moneda de cinco duros, ni siquiera entretiene o sorprende ya el detalle sórdido. España está de vuelta.

Intenta pensar en lo que le atrajo de él. Le es difícil recuperar al hombre (y además al hombre joven, apuesto, competente —¿llegó a serlo?—), pues se superponen en su cabeza las capas y capas de imágenes vistas a través de la pantalla desde que le vio en carne y hueso por última vez. Pobre, qué final. Aunque podría haber sido peor. El cierre se ha orquestado con tino (retorno al país, reconciliación en privado, rutina discreta). ¿Hizo bien en pedir perdón? Mati opina que no, que aquello supuso una primera cesión que le bajó del pedestal en el que estaba a salvo. Ella no sabe lo que opina. Sí sabe que nunca imaginó que terminaría así. Cuando le conoció, el mañana se abría como una explanada amplia sobre la que hacer camino, saturada la imagen por una luz que inundaba el plano; le esperaba el futuro brillante que esperaba a España, el futuro que correspondía a los tiempos y que en el caso de este país se había postergado; ese futuro que ahora era suyo y de ellos, de todos, pero más suyo que de nadie. Aquel fin de semana, el fin de semana del primer encuentro, las dos hermanas dormían en la casa de campo de una amiga, pariente del *tontolaba* que en ese momento divertía a Mati, y fue esa amiga quien, en medio de la noche, irrumpió en su cuarto, despertándolas, para informar de la buena nueva: «¡sí que viene, llega para desayunar!». Los anfitriones ya habían dado pistas de la posibilidad de que asistiera cierto invitado ilustre (la madre vociferaba órdenes a diestro y siniestro, el padre fruncía el ceño). A Mati se le escapó un chillido. «Oye, tú haz el favor de no llamar la atención», le murmuró ella cuando se quedaron solas, «piensa en papá», a lo que Mati contestó con un chasquido de lengua que venía a significar «aguafiestas». Ella presumía de carácter impasible, con frecuencia inmune a lo que al resto impresionaba, pero esa noche se descubrió nerviosa. ¿Por qué? Bueno, porque era él. ¡Cuánto le entretendría a la tía Alocha que le informaran de cada detalle! Querría enterarse hasta del color de sus calcetines (preguntaría por cómo le recibieron, con cuánto servicio, de qué forma se le saludó; criticaría los ademanes exagerados de la señora de la casa, muerta de envidia en el fondo, a menudo corrosiva e incluso cruel, perdonada sin embargo por su fidelísimo público gracias a la teatralidad que le confería su esnobismo exacerbado). La tía Alocha había sido amiga de amigas de la duquesa de Alba, había incluso cenado en dos ocasiones con un Hannover y, según ella, habían hablado largo y tendido, acontecimientos que exhibía como condecoración cuando consideraba oportuno, para apuntalar su autoridad en ciertas áreas.

Recuerda ella hoy, montada en el taxi, que esa noche, la noche previa, su cuerpo yació rígido encima de las sábanas, acartonadas por el desgaste, su mirada fija en el techo mientras la oscuridad adquiría volúmenes y matices. Olía a romero y a pino. La respiración de Mati se había hecho más profunda y regular a su lado y ella trató de acomodarse sin éxito, pues el colchón estaba viejo y un par de muelles se le clavaban en la espalda. Rezó por mera inercia (de pequeñas siempre rezaban antes de caer fritas), con la esperanza de que la cadencia de las palabras la ayudara a dormir. Hay momentos en la vida en los que uno percibe que algo está a punto de cambiar. ¿Detectó su alma, detectaron sus tendones y huesos y células la aproximación de un viraje? No, claro que no. Por entonces era fundamentalmente ingenua, inconsciente, muy niña pese a haber pasado los veinte. Una persona feliz. O quizá no feliz, pero sí satisfecha. No había protagonizado grandes historias, pero no necesitaba protagonizar grandes historias para sentirse protagonista de la suya; una que se desarrollaba con normalidad y en la que, por supuesto, se sucederían los eventos que solían sucederse en las existencias de las jóvenes como ella. No era romántica, o lo era menos que Mati u otras chicas de su edad, si bien resultaba imposible escapar de la educación recibida y, casi sin querer, su mente absorbía y se apropiaba de los anhelos de las mujeres de su círculo. Esperaba casarse. De hecho, ni se planteaba que no casarse fuese una opción. Había, por tanto, romanticismo en ella, pero el suyo era un romanticismo sobrio, carente de demasiada fantasía. Confiaba en encontrar a alguien con sentido del humor, a alguien bueno («la bondad es una garantía», repetía su abuela). Aspiraciones sencillas. Verdad es que tampoco se había parado a pensar en todo aquello que le haría descartar a un hombre, que seguro que era mucho. Daba por sentado que no se fijaría en algo lejano a lo que conocía desde que nació. Su tía Alocha (cuyo marido moriría de cirrosis dos décadas después) les hablaba mucho sobre el amor y les exhortaba a no hacer tonterías (siendo esas tonterías «elegir mal» y siendo ese «elegir mal» no elegir a un semejante). No es que abogara por casarse por interés, eso sería una ordinariez; lo que estaba era convencida de que determinados condicionantes orientaban la atención hacia el lugar adecuado, que el deseo lo moldeaban las circunstancias (la cultura de una casa, la cultura de una vida), y que desviarse de esa inclinación salía caro a la larga. La química surgía, no derivaba de una lista de pros y contras meditada hasta la extenuación, pero uno interiorizaba una serie de parámetros que configuraban su criterio y, en consecuencia, identificaba lo bueno y reaccionaba a lo bueno. Según la teoría de la tía Alocha, sus sobrinas se enamorarían de quien se tenían que enamorar.

A esas alturas, sus experiencias con los hombres habían sido escasas. El verano de sus dieciséis, Mati y ella habían viajado a Irlanda con el objetivo de aprender inglés, sugerencia paterna absurda —primero porque nadie aprende inglés en tres semanas, segundo porque se relacionarían casi en exclusiva con españoles—, pero muy celebrada por las hermanas, a las que estimulaba sobremanera todo lo que supusiera un plan distinto a lo que estaban habituadas.

Un buen amigo de su padre había elegido Dublín como último destino de su carrera diplomática (en Irlanda abundaban los campos de golf, muchos de ellos sensacionales, y nada le gustaba más a él que jugar al golf) y había instalado a su familia —acostumbradísima a seguirle por el mundo— en una casona preciosa y levemente descuidada, situada a las afueras de la ciudad, en la que sobraban varios cuartos. Las hermanas sabían que allí se encontrarían con los hijos del matrimonio, a los que hacía siglos que no veían, pero de los que habían seguido teniendo noticias, dispensadas por su madre en forma de pequeños comentarios espolvoreados aquí o allá. «Ramoncito, el hijo de Titín, es un desastre». «Javier va a estudiar derecho». Multitud de indicios llevaban a concluir que se habían convertido en muchachos atractivos, dato nada sorprendente para cualquiera que los hubiera conocido de niños y que ellas corroboraron el mismo día de su llegada, cuando el mayor las recogió en el aeropuerto.

Nunca había sido ella tan consciente de su propio cuerpo como en ese trayecto en coche. Veía la cara morena de Santi a través del retrovisor, a ratos sus ojos y a ratos su boca, que se movía dicharachera y sonreía, y otra vez sus ojos y otra vez su boca, y entonces caía en que él también podía verla, repentina lupa sobre sus facciones defectuosas, que de pronto notaba, distorsionadas en su mente por el prisma de la exigencia; sus piernas (llevaba falda y leotardos), hacía veinte minutos irrelevantes, ahora en exceso expuestas a su juicio, dobladas como estaban sobre el asiento trasero. ¿Quería que la mirara o que no la mirara? Las dos cosas y ninguna. *Mírame. No me mires. Si no me miras, moriré. Si me miras, no seré capaz de soportarlo.* Santi preguntó por su padre, por su trabajo en el despacho, por la tarta de queso de su madre, por las asignaturas que preferían, por las puestas de largo, por viejos amigos... Mati respondía. Parecía un chico encantador. «No imagináis cuánto nos alegramos al enterarnos de que veníais». La frase tuvo un efecto electrizante en ambas, pistoletazo de salida colosal de unas vacaciones para la historia.

El verano en Irlanda no era verano sino una suerte de otoño o de invierno o primavera o ni siquiera; otra estación nueva, inventada, que incluía todas las estaciones en un mismo día, lluviosa y verde (jamás habían contemplado un espectro tan amplio de verdes), bastante bonita en realidad (una vez te acostumbrabas a la ausencia de vitamina D). Titín, la madre, lamentaba no haber tenido hijas, así que se mostraba particularmente contenta de que estuvieran ahí y, como si de un proyecto de gran importancia se tratara, se esforzaba en llenar sus jornadas de actividades divertidas. En esa época, en Dublín había una subasta cada cinco pasos; se subastaban muebles y joyas y cuadros en los negocios de las calles, y ellas adoraban entrar y tragarse el proceso completo desde que el objeto era expuesto hasta que alguien se lo llevaba. No faltaban, cuando el tiempo lo permitía, los paseos a caballo a través de esos campos de ensueño, coronados de violeta por la proliferación del brezo, y a menudo se organizaban pícnics a los que se acoplaban los vecinos de la zona. Su cotidianidad en la casona irlandesa les chiflaba, también porque, desde el mismo instante en que abrían los ojos al despertar, se ponía en marcha un sutil mecanismo de seducción del que la mayoría participaba. A Ramón le gustaba Mati, a Mati le gustaban los cuatro hermanos, a Santi no le gustaba ninguna (tenía novia), pero disfrutaba analizando el espectáculo, a Javier le gustaban las dos (le gustaba cualquiera), a Alfonso le gustaba ella y ella dudaba, intimidada por la carga que se acumulaba entre las paredes y contaminaba hasta la más nimia interacción.

Cuando llevaban diez días instaladas, la familia se trasladó a Galway, donde los padres alquilaban una casita estival. En Galway dio su primer beso. También fue en Galway donde aprendió a pescar. De hecho, pescar y besar quedaron allí irremediablemente ligados, asociación que la perseguiría de por vida (pescando besó y fue besada por primera vez, escena que inspiró no pocas bromas posteriores —bromas que duran todavía hoy—). Galway era un pueblo (un pueblo-ciudad, ahora ya ciudad-ciudad) portuario, atravesado por un río, en el que en verano se reunía una considerable colonia de extranjeros que a lo largo del año trabajaba en la capital. Las hermanas, acompañadas de los hermanos, entablaron amistad con jóvenes a quienes olvidaron en cuanto pisaron Madrid, pero con quienes construyeron una sensación ilusoria de confianza a golpe de excursiones a enclaves cercanos, miniconciertos concedidos por los músicos locales, atracones de pan negro con mantequilla en cocinas varias y mucho croquet. Los portugueses se unían siempre a ellas en señal de cordialidad ibérica, los franceses afianzaban los estereotipos imponiendo una distancia afectada. Las adolescentes más ruidosas eran las italianas, que bullían como pájaros de invernadero. Y luego estaba Jane McGrath, una irlandesa simpatiquísima que se pegaba como una lapa, deseosa de colarse en el florido grupo europeo que habían montado.

Jane McGrath tenía un hermano, Owen, larguirucho y pálido, que ostentaba un récord comarcal gracias al tamaño de un salmón pescado hacía unos años (había incluso salido en el periódico). Owen era una figura característica de los veranos de Galway, parte integral del paisaje por su tendencia a colocarse, sentarse, apoyarse, encaramarse o simplemente estar en el punto más peligroso de cualquier rincón. Jane propuso que fuera Owen quien les enseñara a pescar, es probable que para ganarse un puesto fijo en la pandilla, idea que acogieron como una apasionante posibilidad de experimentar Irlanda de forma genuina. Owen era monosilábico, pero de gesto amable. Pronto por la mañana o después de comer, dependiendo del día, el grupo se reunía en la puerta de la tienda de dulces y, cumpliendo con los pasos de un singular ritual estipulado por nadie pero inamovible, esperaban la aparición de Owen, que llegaba siempre el último y, casi sin mediar palabra, les guiaba hasta el tramo del río que estimaba más favorable a esa hora, ofreciéndoselo como si fuera un preciado regalo (lo era) que debían valorar (lo hacían). Para este tipo de pesca no se utilizaba carne o gusanos o lombrices como cebo, sino «moscas», insectos artificiales —fabricados con hilo, plumas, pelos…— que la corriente hacía ondular. Owen confeccionaba sus propias moscas, algo que requería de enorme técnica y conocimiento. Si uno quería diseñar la mosca perfecta, tenía que respetar las proporciones y ser riguroso y creativo. Por lo visto, Owen era todas esas cosas, o podía serlo si le interesaba lo bastante la materia.

Poco a poco, ella desarrolló una admiración peculiar hacia Owen, el extraño Owen, cuya destreza quedaba más patente a sus ojos cuanto más entendía los entresijos de la pesca de río, afición *a priori* destinada a la insignificancia en su cerebro de turista que, no obstante, espoleó su naturaleza competitiva y tornó en pequeña obsesión (tanto Mati como los hermanos opinaban que se lo tomaba demasiado en serio, pero ella creía que su incapacidad para comprenderla radicaba en que ellos no habían pescado nada sustancial, logro que suministraba un chispazo de adrenalina al que era inevitable volverse adicto). Tal era su fascinación que se quedaba con Owen en la orilla cuando el resto se marchaba, alumna aventajada de un maestro poco hábil en ocultar su favoritismo (cada día, Owen extraía de su bolsa una mosca nueva para su preferida, hecha combinando los colores que él, por experiencia, sabía que funcionaban mejor). Fue a Owen a quien dio su primer beso. Había decidido que no se iría de Irlanda sin haber besado. Lo que le preocupaba a ella no era el peso emotivo sino el plano práctico, hacerlo mal, razón por la cual ansiaba quitarse cuanto antes las primeras veces, practicar, para no quedar en ridículo frente al hombre por el que sintiera algo importante. Lo consideraba un trámite, no un clímax, pero el trámite resultó clímax, pues el beso con Owen, que fue humilde, en la orilla del río, una tarde después de pescar, volvería a menudo a su mente en etapas posteriores de su vida, perfecto en su simplicidad, empaquetadito para el deleite nostálgico, un instante de valor en la existencia de una chica. Había escogido a Owen en lugar de a Alfonso porque a Owen no le vería en el futuro y se ahorraría la vergüenza, y también porque percibía en Owen un brío menos caótico, menos impulsivo, que le sería más fácil manejar, y también porque Alfonso le atraía más y se temía a sí misma próxima a alguien que le gustara de verdad. Con el tiempo aprendería que los vínculos se construyen también con materiales modestos; que la acumulación de pequeñeces deriva, en ocasiones, en estructuras de notable solidez, pero en ese momento era una adolescente y creía en sacudidas y huracanes porque no sabía aún nada sobre sexo, fuerza invisible cuyo pálpito amenazaba y que ella suponía inabordable (y no lo que en realidad era: una suma de torpezas).

Lo que no sabían ni Owen ni ella era que el nuevo entretenimiento de Mati, Jane McGrath y los hermanos consistía en espiarles. Al parecer, llevaban ya unos días haciéndolo: se despedían aludiendo cansancio y simulaban alejarse para luego permanecer apostados en los arbustos de atrás, descojonados y expectantes, convencidos de lo que terminaría por ocurrir. La tarde del beso, a ella se le enganchó el pie en una raíz que sobresalía entre el barro, circunstancia que, atrevida como nunca, aprovechó para agarrarse a los hombros de Owen (Mati alabaría profusamente la estrategia), invitándole así a no ser tan cauto a la hora de tocarla. Como apuntó Jane McGrath a los otros espectadores, no hubiera sido raro que Owen —timidísimo siempre— ignorara la luz verde, pero el muchacho se quedó muy pegado a ella mientras avanzaban juntos hacia el agua, lo suficiente como para que fuera necesario solo un movimiento final, una ligera inclinación, para que sus bocas se toparan, lo cual sucedió.

Ella nunca había besado, así que no podía comparar. Dicho eso, juraría que el beso no le disgustó. Fue breve. Owen agarró su jersey a la altura de las caderas y tiró un poco de ella hacia sí, después la soltó. Si en ese segundo la angustia (¿o la excitación?) les hubiera permitido mirarse de frente, ella habría visto las orejas de Owen rojas como tomates y Owen habría visto los labios de ella entreabiertos, emborronados y encendidos, un esbozo de algo incipiente y errático que quizá debería continuarse, y no hay duda de que la magia se habría prolongado, sostenida por ambos bajo el gris tupido del cielo irlandés, si una bola de barro proveniente de los arbustos no se hubiera precipitado sobre el pecho del chico, dando pie a una eclosión de carcajadas que reveló que no estaban solos. «¡No!», gritó ella al ver la cara de Mati, «¡sois idiotas!». Le entraron ganas de llorar.

No volvió a ir a pescar. Les quedaban solo tres días en Galway y ella se los pasó fingiendo que se encontraba mal, evitando todos los planes colectivos. Ya en Madrid escribió una postal a Jane McGrath. Se sentía culpable. No le mencionó a Owen, pero esperó que ella le dijera algo sobre él en su respuesta. Jane McGrath contestó con una larga carta de la que ella apenas entendió la mitad, y solo en la posdata añadió un «Owen says hi», tres palabras que, después de haber sido anheladas, provocaron en su interior un deseo visceral de retraerse (como una tortuga), algo semejante al rechazo, de pronto la humillación nuevamente palpable en sus mejillas, que ardían.

Se recreaba en su memoria, tumbada en la cama, cuando sus párpados cedieron. La noche duró un segundo. Tempranísimo empezó a oírse movimiento en la casa —cacharros en una cocina en algún punto del piso de abajo, ladridos, un portón, pasos sobre la gravilla exterior...—, señal de que debían también las hermanas comenzar a vestirse, algo que agradecieron, dado que sus músculos estaban activados desde antes incluso de abrir los ojos. La víspera habían dejado sus atuendos preparados en la butaca de la esquina; las medias y los *knickers* (de pana el suyo, de *tweed* el de Mati) y las camisas y los jerséis y los cinturones, que se pusieron en un santiamén. Era una suerte que fueran de dimensiones dispares, pues las broncas que se habrían generado en su casa de haber podido compartir ropa habrían sido apoteósicas. Su hermana iba y venía de un lado para otro, probándose el sombrero delante del espejo, recolocándose el pelo debajo, quitando y poniéndose la chaqueta, mordiéndose los labios para ganar color. Que una de las dos estuviera como una pila obligaba a la otra a serenarse. «Si Mati fuera una fruta, sería una ciruela», pensó mirándola. No estaba segura de si la excitación de su hermana la provocaba la perspectiva de la llegada ilustre, la presencia del pariente *tontolaba* o la montería en general. La madre de su amiga, la anfitriona, dejaba ramilletes de plantas aromáticas dentro de los armarios y los cajones de los muebles; ella cogió uno de la cómoda y se distrajo desplegando los tallos sobre la cama desecha. En otro momento habrían salido del cuarto sin entretenerse, hoy ambas intuían que era mejor esperar a que su amiga les indicara que salieran.

Cuando por fin se aventuraron al pasillo, constataron que en cada esquina despuntaba el caos, fruto sin duda de la confirmación de asistencia. Su amiga les confió que la madre, señora de la casa, no había podido pegar ojo y que, habiéndose levantado antes de lo previsto, llevaba varias horas recorriendo la propiedad, no hallando otra tarea en la que concentrarse que mover muebles pequeños que a los tres minutos volvían a su sitio original, movidos de nuevo por la propia madre. La altísima pared de las escaleras por las que debían bajar ofrecía un anticipo de la mañana que les esperaba: desde un lugar privilegiado, innumerables cabezas de animales contemplaban el trajín que se traían los humanos ese día. Corzos, gamos, rebecos, jabalís, machos monteses... También había un lobo, un lince e incluso un búho real y un urogallo, y colas de zorro y cuernos y colmillos y pieles de especies que no era ella capaz de identificar. Como el padre de su amiga se había esforzado en explicarles, conservaban piezas procedentes de todo el globo, cazadas por distintas generaciones de su familia en territorios bellísimos e inhóspitos. La víspera les había contado, además, que la razón de la alegría que lo invadía hoy (imperceptible, por otra parte) era la aparición en los alrededores de un venado particularmente grande, magnífico, que había sido avistado varias veces en las últimas semanas y que él quería que cayera durante la montería (es probable que albergara la esperanza de que lo tirara el invitado especial).

Eran las nueve y media y casi todo el mundo estaba ya en el comedor. Se había servido café, pero nada más, pues la confirmación de asistencia había accionado el acuerdo según el cual tiempo y espacio quedaban supeditados al invitado ilustre, cuya llegada marcaría el inicio oficial del desayuno. El padre de su amiga merodeaba frente a la puerta principal, asomándose por las ventanas, quizá aspirando a acelerar los acontecimientos con su impaciencia. Mati charlaba con el *tontolaba*, que a ella le caía fatal. Oír el diálogo tan de cerca no ayudaba a fomentar el respeto que su hermana le provocaba. ¿Por qué usaba ese tono? Qué vergüenza. La luz se filtraba, generosa, por un lado de la casa, dividida en haces que iluminaban las partículas de polvo suspendidas en el aire. El alboroto iba en aumento a medida que se evaporaban los últimos rastros de sueño. Pasadas las diez, cuando la mayoría había comprendido a quién esperaban, se oyó ruido de coche y ruido de conversación, y entonces todos callaron. Ella pegó un codazo a su hermana, se reposicionó en la silla, estiró la espalda y clavó los ojos en el café. El ambiente había experimentado una transmutación radical. La proximidad del visitante podía medirse escuchando la voz del anfitrión, de pronto cantarina, y ella supo que habían entrado cuando a su alrededor todo el mundo se levantó. «Hoy estaremos muy bien acompañados. Niñas, venid a saludar». Junto con su amiga y Mati, ella avanzó hacia el invitado, semirrodeado ya por un grupo de hombres que, siguiendo las instrucciones de la señora de la casa, dejaron que las chicas tomaran cierto protagonismo. Reverencia. Reverencia. Reverencia. No se atrevió a observarle de frente hasta unos segundos después, cuando otros reclamaron su atención. Vestía una teba y una corbata granate, su cara le pareció agradable. Asentía y sonreía y recibía a los presentes, que se turnaban para figurar, y en una de esas, entre inclinación e inclinación, la miró. Muchas veces en los años posteriores, presa de la confusión y de la rabia, pensaría en esa mirada. Luego le invitaron a ocupar su sitio y se marchó al otro lado del comedor.

Desayunaron huevos fritos con migas y bizcocho y bebieron vino y más café. El ligue *tontolaba* de Mati se quejaba de que, dada su condición de pariente (¿qué significaba «pariente»? ¿Era primo, era ahijado…?) le habían relegado al peor de los puestos, al que además no podría ir solo. «Como estéis de palique y me espantéis a los bichos, os mato a vosotras, ¿eh?». A ella no le entusiasmaba la idea de compartir espacio con ese ser durante horas, pero si quería participar en la montería no le quedaba otra. Preocupado con el ritmo, el señor de la casa pidió celeridad. Había ya repartido los puestos y detallado las instrucciones, se había ya rezado el padrenuestro y pronunciado el viva España y el viva el Rey, así que era momento de ponerse en marcha. Fue entonces cuando, en el fragor de la salida, cerca de los coches, después de que los secretarios le ayudaran a calzarse las botas, el invitado ilustre se dirigió a ella por primera vez. Tan de sorpresa le pilló la intercepción que ella se giró, buscando a alguien con quien fuera más factible que aquel hombre deseara hablar. Pero no, le estaba hablando a ella, alabando sus zajones, que en efecto eran preciosos.

—Gracias, señor; eran de mi abuela.

Miró al suelo, nerviosa. Desconocía las normas de protocolo, pero suponía que lo adecuado era no abandonar la conversación hasta que él la diera por terminada. En general, si se ceñía a esa regla básica —adoptar un rol pasivo, seguir los movimientos de él, esperar a que él decidiera—, lo probable es que no fallara demasiado. Por suerte, se hacía tarde y el examen acabó rápido: el invitado le dedicó una sonrisa (que ella solo intuyó, todavía temerosa de enfrentar su rostro) y la dejó allí, preguntándose si el brevísimo intercambio había ocurrido de verdad o era producto de su imaginación.

Un silbido la sacó del marasmo. El *tontolaba* exigía que se subiera al coche. «¡Vaaaaamos!». Más adelante, guardas y todoterrenos se aglomeraban en el camino estrecho, zona de guerra repleta de polvo y baches. El puesto que les tocaba a ellos era de cierre, pegado a la suelta, ubicado en la punta opuesta en la que se había avistado al venado que obsesionaba al anfitrión. «Aireando y sin monte, aquí no va a cruzar ni un conejo». Llevaban mantas para combatir el frío. Los tres se instalaron en las rocas y otearon el paisaje, aún cubierto por una bruma que, de no disiparse pronto, dificultaría la jornada. Mientras el *tontolaba* acopiaba palos para hacer un fuego, ella aprovechó para reunirse con Mati que, a juzgar por su actitud, no se había percatado de su miniencuentro y que, al enterarse, vibraría una barbaridad. ¡Y la tía Alocha! ¡Lo bien que se lo pasaría la tía Alocha cuando se lo contara todo! Por desgracia, un muy fastidioso «¡SHHHHHHHHHH!» coartó el intento. Mati puso los ojos en blanco. Ella se tapó la boca. Sería una mañana eterna.

Una. Dos. Tres. Tres horas vacías pasaron, con sus minutos y sus segundos. Las temperaturas no aumentaban, azotaba un viento áspero y el terreno no era lo suficientemente rico como para que compensase las molestias. Mati se quedó dormida entre dos árboles, a ella le dolía el pompis y al *tontolaba* se le escapaban gestos que denotaban desesperación. «Na-da», vocalizaba sin emitir sonido, aunque hasta la severidad con la que aplicaba su norma de no hacer ruido fue desvaneciéndose a medida que transcurría el tiempo (que no solo transcurría, se estiraba). En un momento dado, él se frotó la tripa. «Me duele», le dijo a ella. Se levantó, dio unos pasos a uno y otro lado y luego agarró su rifle y se lo cedió. «Quédatelo, voy a ver si... si hago algo». Ella entendió que se disponía a improvisar un cuarto de baño en algún lugar del campo. Pese a la escasez imperante en lo relativo a la fauna, acogió la oportunidad ilusionada. Un cambio, por lo menos. Se puso de pie (sus piernas, congeladas ya, agradecieron la iniciativa) y enfocó las pupilas sobre el mismo paisaje que llevaba revisando, sin éxito, las últimas tres horas, esta vez con ojos frescos, alertas. De pronto, en la lejanía, percibió el movimiento de una mata; se inclinó un poco y creyó distinguir las puntas de una cuerna. Miró rápido alrededor por si el *tontolaba* andaba cerca, pero no lo vio por ninguna parte. Mati seguía dormida. Apoyó la culata del rifle en el hombro, el corazón se le aceleró. A través del visor, confirmó que se trataba de... de un venado. Los cuernos, la cabeza, el pecho después. Todo sucedió a la velocidad de la luz: apretó el gatillo y el animal acusó el disparo, dio media vuelta y desapareció entre la maleza. Un instante de tensión perfecta. Juraría que el tiro había sido bueno.

El *tontolaba* llegó como elefante recién aguijoneado. Corría, resollaba, volcaba el peso de su frustración en cada zancada y en cada palabra, toda su prudencia previa ahora inexistente.

—¿QUÉ ERA? ¿Qué era?

A ella le temblaban las manos, pero no estaba nerviosa, al revés; sentía dentro que el tiro había sido limpio, certero, y esa precisión suya, demostrada tras un golpe de suerte como aquel, esa reacción tan intuitiva, casi automática; todo aquello le infundía un aplomo nuevo. Sabía, además, que cualquiera en su posición habría tirado, era la única alternativa, así que regañarla no tendría sentido.

—Un venado.
—¿Qué? ¿Un venado? ¿En serio? ¿Y le has dado? ¿Era bueno?
—No lo sé.

Mati se había despertado y se acercaba a ambos con cara de susto. Las dos vaticinaban una explosión, pero, para su asombro, el chico se limitó a preguntar dónde se encontraba el animal y, tras un minuto de silencio, sorprendió con un tranquilo «vamos a ver si lo has matado». Ella accedió de inmediato, como loca por ratificar su sensación de triunfo. Mati protestó, temerosa de que sufrieran algún accidente (la cantidad de episodios trágicos que incluían balas rebeldes y conductas irresponsables en monterías...), pero el puesto estaba bastante apartado y no se intuía ni un alma en las proximidades. Convinieron que Mati se quedara en las rocas y ellos se lanzaron al objetivo. Caminaban raudos, sorteando obstáculos, la adrenalina suprimiendo cualquier atisbo de cansancio (benditos zajones, que les protegían de los piornos). Ella comprendió que habían llegado al punto exacto cuando, al rato, detectó ramas rotas y un rastro de sangre. Le había dado, ¡le había dado!

—Le has dado.

Más sangre. Había mucha sangre. «¡Lo he matado!», pensó ella, pero no lo dijo, no hacía falta, el *tontolaba* también lo había advertido (su repentina lentitud y sus hombros caídos revelaban la profundidad de su derrota) y, de hecho, al ver por fin el cuerpo inerte, a unos veinte metros de distancia, el pobre tomó conciencia de algo que, a juzgar por el tono con el que sentenció a continuación, para él suponía una catástrofe: «Has matado al grande, el del tío Jaime».

Ella paró en seco. No podía ser. Se suponía que el grande deambulaba a un kilómetro de allí. No podía ser.

—No puede ser.
—Sí es.

Sí que era. Frente a ella, ahí mismo, reposaba el cadáver de un ejemplar majestuoso, medalla de oro asegurada, que se ajustaba a la descripción y que no podía sino ser el venado que obsesionaba al anfitrión.

—Te la vas a cargar.

El *tontolaba* ató la cinta roja —marca para indicar a los muleros dónde recoger la pieza—, se giró e inició su camino de vuelta. Ella se quedó quieta, paralizada. A esa edad, su autoestima fluctuaba como el Dow Jones, dependiente de factores externos variables. Hacía diez minutos se sentía invencible; ahora, comida por la ansiedad, repasaba potenciales escenarios, potenciales reprimendas, todas las personas a las que esto causaría molestia. Objetivamente, no había hecho nada mal (hubiera sido imposible prever que el venado era el grande y hubiera sido estúpido no tirar, incluso sabiendo de cuál se trataba, pues ellos estaban en el puesto de cierre y no hacerlo implicaría que se escapase de la mancha), pero conocía de sobra el espíritu caprichoso y a veces déspota de los hombres de su círculo y había visto con sus propios ojos los nervios de los señores de la casa, empecinados en controlar hasta el más mínimo detalle para complacer a invitados que, desde luego, les importaban mucho más que ella y que, si la naturaleza hubiese obedecido, habrían gozado de la oportunidad de acceder a un animal así. No descartaba un recibimiento hostil. Por otro lado, muchos allí eran amigos de su padre (o de su madre o de sus tíos), así que no la torturarían. Tendría que soportar bromas, eso sí, y que le cogieran manía. La duda era cómo se lo tomaría él.

En las rocas, Mati la esperaba con ánimo protector. «Enhorabuena», le susurró. Apretó su mano y la condujo hacia el rincón en el que se había acomodado a lo largo de la mañana. Se acurrucaron juntas y se cubrieron con una manta. «No es por nada, pero tu ligue es un idiota». Mati asintió. «Ha dejado hasta de parecerme guapo», dijo. Ni una sola vez durante la hora restante les dirigió el *tontolaba* la palabra y solo se percibió en él un conato de entusiasmo cuando, ya de vuelta, se aproximaban a la casa, como si ambicionara nutrirse de las reacciones negativas que, sospechaba, ella recibiría. Pero tuvo mala suerte. Bastó un segundo dentro para comprender que la disposición general era festiva. La amiga de las hermanas corrió a su encuentro, emocionada. «Eres el tema de conversación». Por lo visto, apenas se había cazado, así que la caída del venado era una buena noticia, pues compensaba lo exiguo del retrato. De hecho, el anfitrión agradecía que hubiera pasado, y que la responsable fuera una veinteañera añadía un toque de singularidad que todos exaltaban. Estaba siendo la protagonista indiscutible del aperitivo.

—Me comentan que me has robado mi venado...

La cinegética era el parque de atracciones predilecto de la aristocracia y las monarquías europeas desde tiempo inmemorial; los participantes en el baile de la caza colaboraban, por convicción, para contribuir a aumentar el brillo de invitados ilustres como el invitado ilustre, siendo lo común y lo esperado que hasta normas básicas se flexibilizaran en un esfuerzo colectivo de adaptación. El hermano de un socio del despacho de su padre describió una vez, en una cena, cómo un rey nórdico le afeó que matase la pieza mejor, y se sabía que cierto miembro de la familia real británica protestaba sin ambages si le ocurría a él. No se experimentaba como una obligación ese ejercicio de satisfacer, al revés, era un honor para los dueños de los campos (y para todos en general) ensanchar la leyenda de aquel a quien debían respeto y fidelidad (leyenda casi siempre conformada por una mezcla de verdades y mitos). En Ucrania se prohibió superar el récord de un dirigente y en otro país del este se emborrachó a un oso para que un rey lo liquidara sin problemas. Caza enlatada. Ahora se estilan los leones de bote, criados en cautividad y liberados en un perímetro cerrado dos días antes de que llegue el cazador (se les distingue por la melena, por el hocico y por las garras, poco habituadas a los inconvenientes de la vida salvaje). Dudó medio segundo del grado de seriedad del invitado ilustre antes de que él mismo, con una carcajada, disipara la inquietud.

—¡Prefiero que lo hayas matado tú! ¡Te habrá hecho una ilusión enorme!

Quiso que le explicara el lance y así lo hizo ella, sin escatimar en detalles, incorporando —incentivada por la atención— un dramatismo que no le era propio, destinado a seducir al grupo que en torno a ambos se formó (¿por qué tan zalamera?). No era su intención, pero el relato granjeó burlas benévolas y no tan benévolas al *tontolaba*, jovencito minúsculo que, rendido, buscaba un lugar en los márgenes del comedor. Años después se lo encontraría en una boda. Cuando hizo ademán de saludarle, él fingió no verla, envalentonado quizás por la posición adversa en la que ella había terminado y, suponía, herido aún por las estocadas de esa traumática mañana en la que una chica le humilló. Lejos de traumática, ella recuerda aquella comida como su último momento de total felicidad. No es que no hubiera sido feliz después (de hecho, gracias a su hijo lo había sido mucho más), pero toda felicidad posterior emergió ligada a una preocupación de tamaño proporcional; la felicidad que sintió entonces fue plena y sin grietas, una felicidad que ahora reconocía como preadulta: la última felicidad de una niña.

Muchos se acercaron a darle la enhorabuena y —remate estelar, guinda del pastel— el invitado ilustre pidió un aplauso para ella cuando estaba a punto de hincarle el diente a las alubias. Luego todos se hicieron fotos con su animal, también él. Mati la miraba maravillada, los señores de la casa la trataban como si fuera de la familia... Cada poro de su piel exudaba júbilo; un júbilo cuyo vestigio se mantuvo vivo horas y días, impregnando de euforia a quien entraba en contacto con su ser (con sus ojos brillantes, con su voz pletórica, con su sonrisa formidable).

El taxi se para en un semáforo de Velázquez. Mira por la ventana. Adora Madrid. O, como mínimo y para ser exactos, adora su zona de Madrid. Su piso está en una de las calles perpendiculares a Alfonso XII, en ese entramado de edificios nobles que se alzan entre el Museo del Prado, el parque de El Retiro y la Puerta de Alcalá. Es bonito, o lo era, porque dentro ya apenas se abren las cortinas y no se ve un pimiento. Desconoce el porqué de esa reciente propensión a lo lúgubre. Quizá alguien diera alguna orden pensando en Mati y sus frecuentes dolores de cabeza. Lo más probable, no obstante, es que Mercedes incluyera la tarea en su particularísima lista de obligaciones que no supondría un problema abandonar y que ellas, temerosas de importunarla, se acostumbraran a existir en penumbra. Las hermanas solían vivir separadas por una pared (frontera habitualmente franqueada), pero, al ir menguando el dinero familiar, decidieron vender una de las mitades del que fuera el piso gigantesco de sus padres, ahora dividido en la que es su casa y la que ya no les pertenece. No necesitaban tanto espacio y sí necesitaban liquidez, así que no supuso una tragedia; ninguna de las dos recibe demasiadas visitas y, cuando va alguien (su hijo, por ejemplo), se las arreglan bien con el cuartito de invitados. Hoy es viernes, el único día en que sí hay más ajetreo, pues antes de que muriera su madre se pasaban por allí, para verla, las primas, y la tradición se ha conservado desde entonces, aunque no sería fácil dictaminar si este grupo de personas que cada semana quedan a comer se lleva bien.

—¿Llegarás antes de las dos?
—No lo sé.
—¿Cómo que no lo sabes?

—No lo sé, no sé cuánto durará esto.
—Pero cuánto puede durar una misa.
—No será una misa normal... No lo sé.
—Para qué vas, ¿no ves que es absurdo?

A veces brota en su cerebro, tenue, la sospecha de que a Mati le hubiera gustado ser la elegida, anhelo que, de confirmarse, sería ridículo, dado que que la eligiera a ella (y no hay duda de que era él quien elegía) condicionó su vida de formas que Mati no habría soportado y de las que Mati había sido, de hecho, testigo. Aun así, siente en lo más hondo que para Mati supuso una derrota y —dando un paso más por esa senda, reflexionando al aire— quizá la existencia del hijo, su hijo, fuera una constatación perpetua de que aquel... ¿romance?, ¿aquella aventura?, de que aquella COSA había, en efecto, sucedido, y el hecho de que sucediera y hubiera una prueba viva y coleante a lo mejor situaba a Mati en una posición de desventaja, como si ella ostentara un poder oculto pese a que, en realidad, su adultez había sido bastante mustia y, sobre todo en los primeros años de su hijo, dura.

Cuando nació el bebé (tan perfecto todo él, tan guapo), ella perdió la cabeza. No exagera. Se volvió loca, y no se refiere a loca de amor. A la angustia que le causaba el juicio de la gente (era de lo más inusual en su entorno, en esa época y en cualquier época, que una chica de aquella edad, soltera, pariera un hijo, y más todavía que no se supiera quién era el padre) se unió una repentina hipocondría que la llevaba a obsesionarse con reducir riesgos inverosímiles. Creía, o más bien presagiaba (con un convencimiento obcecado, estúpido, que lo ocupaba todo y no dejaba espacio para el disfrute), que el niño iba a morir. Cada vez que no le oía, pensaba que había muerto. Temía cerrar los ojos y dormirse, por si mientras dormía se moría. Temía que él se durmiera, por si durmiendo se moría. Sus padres la miraban asustados, desprovistos de herramientas con las que afrontar ya no solo semejante alarde de fragilidad, sino la posición vulnerable en la que les había colocado el escándalo; a ellos, que nunca habían dado pasto al ganado y que de pronto se intuían tema de conversación favorito en sobremesas ajenas. Nadie sabía quién era el padre, ni el padre mismo, y si bien es verdad que el que lo supieran acentuaría el follón, ayudaría a dar una pátina glamurosa al asunto que, quizá, redimiría en cierta medida a la familia, razón por la cual a menudo fantaseaba la abuela del niño con soltar la verdad y callar a sus amigas, que la observaban con una compasión insoportable, propia de quien observa a un enfermo terminal (para ellas lo era, puesto que acababa de morir su reputación).

Tal fue la espiral en la que entró que la tía Alocha la mandó a un psiquiatra que conocía de oídas y que había tratado, al parecer, a la sobrina de una amiga que se negaba a comer. A sus padres, la idea de que su hija recibiera esa clase de ayuda les resultaba humillante, espantosa, pero la palabra de la tía Alocha valía, por alguna razón, más que la del resto, así que cuando —después de un silencio que pretendía acentuar la carga solemne— emitió la sentencia («tiene que ir al psiquiatra»), todos acataron la decisión como si no existiera alternativa, si bien el terror quedaba patente en sus expresiones. A ella también le daba pánico ir al psiquiatra. No sabía lo que le iban a hacer; imaginaba batas blancas, camillas con correas y terapias de electroshock, y se puso a gritar en cuanto le informaron de que se lo imponían como obligación. Recuerda que buscó a Mati con los ojos, rogándole, y se topó con una hermana a océanos de distancia que la miraba desconsolada y no sabía cómo ayudar a nadie, ni a ella ni a sus padres ni al bebé ni a sí misma, relegada en los últimos tiempos a la invisibilidad. Todo iba mal.

La noche previa a la cita no durmió. El bebé estaba en la zona de atrás, en brazos de la misma nanita que las había cuidado a ellas y que ahora habían recuperado para él, y aunque ella sintió la necesidad de llevárselo consigo a su cama, le dio apuro pedirlo. Sería egoísta interrumpir su sueño y su comodidad (la señora Ana le arrullaba, la cabeza del niño prieta contra sus enormes pechos —¿demasiado prieta?, ¿le pasaría algo?—), y además acarreaba ella una creciente sensación de ineptitud, incapaz de no percibirse como ahora la veían los otros, demasiado joven e inestable, y por lo tanto carente de legitimidad para reclamar a su hijo, a quien se suponía que no estaba equipada para atender correctamente. Lo cierto es que, de haber estado casada, nadie la hubiera considerado demasiado joven; era demasiado joven porque su estatus era todavía el de hija de la familia de su padre, no mujer de su propia casa, pero había muchas chicas de su edad con hijos y a ninguna se la trataba con esa condescendencia. Verdad era también que aquellas chicas no habían incurrido en el error supremo, demostrando un criterio que, en opinión de todos, a ella le faltaba, pero nadie sabía si esas chicas habrían caído o no de haberse encontrado en su lugar. Oscilaba con violencia entre la debilidad y la compostura, entre el derrumbe y la resistencia, entre flagelarse y exigir una mirada justa sobre sí misma.

Esa mañana se esforzó en vestirse bien, en peinarse, en reproducir el ritual de feminidad que había abandonado. Se observó en el espejo. Tenía la misma cara de antes, pero ahora esa era la cara de una madre. «Te va a acompañar Mercedes». Debería poder ir sola a la consulta, que estaba en la calle Hermosilla, y, en cualquier caso, de no ir sola debería acompañarla alguien de su propia familia, pero las cosas en su casa ya no funcionaban así. Su madre no pisaría la sala de espera de un psiquiatra, menos aún su padre (que no las había acompañado jamás a ningún lado) y Mati tampoco, pues de un tiempo a esta parte su vínculo se había alterado, no solo porque las nuevas responsabilidades las separaban (ya apenas podían hacer los planes que solían) sino porque su madre, asustada (como si un embarazo extramarital fuese contagioso), mantenía a su hermana distraída con compromisos fuera de casa, ávida también de que las circunstancias de la mayor no perjudicaran a la pequeña, a la que instaba a no plegarse y seguir haciendo sociedad.

Antes de irse miró a su hijo, tranquilo en la cuna; le besó, y entonces sus ojos se llenaron de lágrimas. Mercedes, que le sacaba pocos años, no se atrevía a pronunciar palabra. Recorrieron el camino al psiquiatra inmersas en un silencio triste y, cuando llegaron, Mercedes dejó un papel sobre la mesa de la recepción que la secretaria, que parecía ya avisada de todo, leyó rápido y guardó. «El doctor las atenderá enseguida».

Estaban en un piso similar a una casa, no en una clínica. El portal le había parecido bonito, clásico, y ahora el interior le sorprendía con una decoración que hasta entonces solo había visto en las revistas, sofisticada y vanguardista, si bien incluía elementos que ella reconocía comunes a muchos de los sitios que frecuentaba, lo cual le suscitaba confianza. La lámpara de la esquina llamó su atención. Se asemejaba a una escultura. Supo después que el arte que copaba las paredes, abstracto, provenía de un prestigioso grupo de pintores españoles que se asociaba a la ciudad de Cuenca, algunos de ellos amigos del psiquiatra que estaba a punto de atenderla. Todo era extraño, pero en su conjunto le agradaba. Se alegró de que su madre no hubiera venido. Algo en su ánimo había cambiado.

De repente, se abrió una puerta. Un hombre con bata acompañó a un señor mayor a la salida. Luego, el hombre con bata se giró hacia ellas y sonrió.

—¿Con cuál de las dos voy a tener el placer de hablar?
—Conmigo —respondió ella, de pronto más contenta.
—Pues pase, señorita.

El despacho era precioso, amplio, inundado por una luz templada que atravesaba la vegetación que se veía desde las ventanas. Una librería enorme custodiaba la mesa de escritorio frente a la cual, siguiendo instrucciones, se sentó ella.

—Procuro que haya margen entre visitas para evitar que la gente se cruce, pero hoy no lo he conseguido, discúlpeme.

El doctor se instaló en su sitio, se ajustó las gafas y la miró. Debía de tener unos cincuenta años, aunque la barba obstaculizaba la tarea de adjudicarle una edad concreta. Llevaba anillo en el dedo anular. Los libros de sus estanterías estaban escritos en francés.

—Cuénteme, la escucho.
—Bueno… he tenido un hijo.
—Ajá.
—Y no estoy casada.
—Ajá.
—Y… bueno, a veces… A veces me imagino que mi hijo se va a morir.
—¿Está enfermo?
—En principio, no. Todavía no.
—¿Y entonces?
—No lo sé, pero creo que se va a morir.
—Perdone que le haga esta pregunta, ¿con quién está criando a su hijo?
—Con mi familia y la ayuda que tenemos en casa.
—Ajá.
—El padre… Bueno, el padre no está.
—¿No está?

Ella negó con la cabeza.

—Ni está ni se le espera, entiendo, dijo él.
—Eso es.
—Bien. Me decía que su hijo va a morir.
—Sí.
—¿Y de qué va a morir su hijo?
—No lo sé.
—Ajá.

Se quedaron unos segundos callados, evaluándose como se evalúan los perros macho antes de romper a pelear o amistarse para siempre. Ocurrió entonces lo que ella después describiría como un milagro (flor repentina en suelo yermo): sin otro motivo que el absurdo de las palabras que acababa de compartir, se le escapó una sonrisilla que se convirtió en una risa que se convirtió en una carcajada, expuesta de repente ante sí misma, en toda su ridiculez, la naturaleza infundada de sus miedos. Era como si hubiera vomitado un engendro y el engendro se retorciera sobre la mesa de caoba, bajo los ojos sanos de ambos, desesperado por sobrevivir. «¡Maravilloso!», exclamó el doctor, elevando sus dos brazos; «¡el sentido del humor es una puerta a la libertad!». Se dio cuenta ella en ese momento de cuántos meses llevaba sin reír.

—En realidad no hace gracia, doctor. Me estoy volviendo loca. Ya me he vuelto loca.
—Eso déjeme decidirlo a mí.
—Estoy loca, doctor.
—Lo que usted está, señorita, es sufriendo.

Y así fue como conoció al hombre que le salvaría la vida.

Hay detalles que nunca llegó a averiguar, que nadie le dijo, pese al tiempo que ha pasado desde entonces. Por ejemplo: no se enteró de cómo consiguió él el teléfono de su casa, o de por qué supo que ella iba a Puerta de Hierro, el club, todos los martes por la mañana a montar a caballo. Ni siquiera indagó demasiado porque, en realidad, a un nivel intuitivo, comprendía el funcionamiento de la maquinaria. Que él supiera las cosas y se anticipara a los acontecimientos casaba con su forma de existir en el mundo, que incluía la participación constante del resto. Era como si un mínimo gesto bastara para que una red de ayudantes y *conseguidores* le proveyera de aquello que necesitaba, no expresado con palabras, pero comunicado a través de una suerte de telepatía. Algún amigo, puede que el anfitrión de la montería (puede que incluso algún amigo de su propio padre), le habría contado lo de la equitación, o quizás se hubiera servido de mil intermediarios para evitarse el bochorno de preguntar directamente, alargando la cadena de humanos encargados de lograr que el tío llevara a una jovencita, con la que era obvio que no podría tener nada serio, a la cama. ¿Ninguno de ellos se planteó que, a lo mejor, estaban contribuyendo a perturbar una vida ajena (perturbación sustancial, no una niñería); la vida de alguien pequeño frente a lo colosal? Quizá pensaran que era un salto cualitativo, que le hacían un favor no solo a él sino a ella, y quizá también ella lo hubiera pensado si se lo hubieran consultado, pero el caso es que nadie se lo consultó; que una mañana de un martes, tres semanas después de la montería, mientras ella cepillaba la grupa de Calisto, el caballo tordo que acostumbraba a montar, el invitado ilustre apareció por allí, solo (descubriría después que un escolta aguardaba a escasos metros), entre los establos, y ella se llevó un susto de muerte.

No había pensado en él. O, bueno, no había pensado en él como otra cosa que lo que era, en cuyo caso sí había pensado mucho en él, fundamentalmente porque en su casa las habían obligado —a Mati y a ella, pero sobre todo a ella— a narrar y rememorar y repasar la caza del venado y la comida posterior y describir las interacciones que sabían que había habido (porque hasta los anfitriones lo pregonaban extasiados) entre ella y el invitado ilustre, que era lo único que de verdad les interesaba. Cuando le vio ahí delante, desprovisto de la corte que en la montería le acorralaba, le sucedió por primera vez algo que se repetiría todas las ocasiones en las que en adelante coincidieron solos: aunque vestido, le parecía estar frente a un hombre en estado de extrema desnudez, lo cual impresionaba, pues la vulnerabilidad siempre impresiona, pero además suponía una grieta de verosimilitud; era como si, en su plano de la realidad, algo no cuadrase.

—Hola, señor.

Reverencia.

El hombre sonrió y se acercó al caballo. Lo acarició. Luego se metió las manos en los bolsillos del pantalón y la miró. Por aquel entonces, las nociones que ella tenía relativas a la seducción eran tremendamente básicas. No se trataba tanto de que se las hubieran enseñado como de que pululaban por el aire y las había interiorizado. Sabía que el valor de una mujer radicaba en su capacidad de no ceder, o de ceder lo justo como para no espantar del todo; el truco era mantener el interés sin entregarse (entregarse equivalía a transferir el poder, ergo a morir). Ocurría, no obstante, que con este sujeto estaba una constreñida por otras normas, por otros códigos; la sumisión era casi obligada, así que resultaba complicado empastar ambas dimensiones. Pero ella no había entendido aún, si bien empezaba a ser evidente, la clave en la que se estaban relacionando, así que en ese momento todavía no se preocupaba por cómo desenvolverse. Él preguntó por el nombre y procedencia de Calisto, le preguntó por su instructor —a quien conocía—, le preguntó por el colegio en el que había estudiado. Ella contestó, su timidez decreciendo a medida que se contagiaba de esa simpatía suya tan comentada y elogiada desde que empezara a mostrarse en público. La verdad es que sí: era arrollador. Salieron de la cuadra y él la invitó a pasear por el camino paralelo al campo de golf. Ella miró el reloj. Aún era pronto. Cruzó con la cabeza gacha, no fueran a toparse con alguien. Él se rio. Si algo llamaba la atención de su persona era la relajación con la que abordaba la vida. Es probable, reflexiona ella ahora, que aquello se debiera a una carencia; a la falta de un rasgo adulto vinculado a la conciencia de que los actos entrañan consecuencias. O quizá eso sea sacar conclusiones a partir de lo que conoce hoy de él. Sí definiría al humano de aquella época como un hombre despreocupado. Era muy alegre. Hablaron sobre los países que habían visitado y él caricaturizó los caracteres propios de diversas poblaciones. Introducía anécdotas especificas de sus viajes, pero obviaba los datos de los que se deducía que era alguien con estatus especial. Ningún nombre famoso, ninguna mención a eventos de importancia. La intensidad de la brisa cambiaba contra sus cuerpos, las copas de los árboles titilaban sobre sus cabezas. Ella se dio cuenta de que, a una distancia prudencial, les seguía el escolta. ¿No le asfixiaba? Al cabo de un rato, él le ofreció llevarla a casa en coche.

«Tengo que avisar a mi amiga de que no me voy con ella».

Él asintió. Ni siquiera le pidió discreción. La discreción se daba por hecho.

Hubo tantas cosas que se dieron por hecho... Analizando con perspectiva, lo que imperó en ese periodo fue la ausencia de voluntad. No significa esto que no hiciera lo que quiso (anduvo cada paso de la senda que la condujo al lugar en el que terminó e incluso disfrutó de esa senda, nadie la forzó a nada, no fue víctima; detesta, de hecho, a quienes *a posteriori* se montan películas que satisfacen sus necesidades psicológicas); su impresión es más bien que en ese momento no sabía lo que quería y que no tenía tiempo para cavilar, para sopesar, para decidir. Nada raro, le pasa a todo el mundo; ¿quién tiene tiempo para cavilar, para sopesar, para decidir? En eso consiste la existencia. Un hombre apareció y se dirigió a ella (como podría haberse dirigido a cualquier otra, pero era ella la que estaba ahí y no otra) y tomó las riendas y se expresó en un modo que no dejaba margen para la oposición, aunque en ningún caso usara un tono intimidatorio o impositivo (al revés, destacaba por su buena educación, como no podía ser de otra manera); quizá ni siquiera fuera el modo en que expresaba las palabras sino el hecho de que, cuando las expresaba, cuando se puso frente a ella, no eran solo dos personas, una delante de la otra, sino dos personas con una estructura social detrás —y no solo detrás, dentro, pues les constituía—; un hombre y una chica, una chica y un hombre, un hombre acostumbrado a extender el brazo y abrir la mano y coger el fruto y una chica a la que no podría sino halagar ser considerada fruto, sobre todo por ese hombre.

En el coche no la tocó. A la altura de Eduardo Dato se inclinó sobre ella (sus narices se quedaron a escasos centímetros la una de la otra) y le señaló un edificio en el que, años ha, había vivido un tiempo, en compañía de un grupo de jóvenes a los que reunieron a propósito para recibir una instrucción *ad hoc*. No explicó más. Se limitó a recolocarse en su sitio. A su lado se sentía tonta, y no porque él contara con un intelecto deslumbrante, sino porque echaba de menos la libertad de la que precisa una conversación para fluir como es debido. Nadie le había dado directrices, pero se autocensuraba sola; percibía que le estaba vetado insistir, disputar, ironizar... Su papel era el de recipiente. Pararon a media manzana de su portal y él se despidió. «Te llamaré», dijo. Ella recogió con cuidado la frase y la colocó en un nuevo compartimento de su cerebro reservado para los acontecimientos que, de unas semanas a esa parte, registraba como ensoñaciones. No tenía su número.

¿Habría comprado Mati todo lo necesario para recibir a las primas? Ayer ella pidió a Mercedes que descongelara merluza y se aseguró de que quedaba queso, pero no sobraría que su hermana bajara a Viena Capellanes y cogiera algo más para el aperitivo, que capaces eran estas de soltar alguna broma sobre su ratería (no sería la primera vez, como si fuera ratería y no falta de dinero, que mal no están, pero tampoco bien, y además son ellas las que invitan siempre, nunca al revés). En el taxi empieza a prepararse ya, a ensayar mentalmente las respuestas que estampará en la cara de Inesita cuando vuelva a casa y se la encuentre ahí, apoltronada en el sofá, lista para, como cada viernes, descargar su batería de preguntas, manada de lobos hecha mujer, cautelosa primero —variación sutil en el tono de voz, preocupación ficticia, tensión creciente—, mordisco en la yugular después, «¿de dónde vienes?», «¿y por qué has ido?», «¿quién había?», «¿y tu hijo qué tal?», «oye, ¿y no va a casarse nunca?», tocada y hundida ella, todavía incapaz de inmunizarse. «Ya lo hará», va a contestarle. «Ya lo hará». Apática, indiferente. «Ya lo hará». Como si ella misma no se dejara los sesos intentando entender la situación sentimental del niño, que cada dos semanas rompe y cada dos semanas vuelve con la misma mujer desde hace una década. Ahora se supone que no están juntos. Se supone, porque a saber. «Ya lo hará». El día que su hijo tenga hijos (si es que los tiene), saldrán guapísimos. Darán cuarenta vueltas a los nietos de Inesita, uno unicejo, el pobre, y otro sin cuello y con entradas a la tierna edad de cuatro años. A lo mejor por eso está picada e insiste con lo de la boda. «Ya lo hará». En esos momentos agradece la presencia de Mati, que a solas le hace las mismas preguntas e incluso peores, pinchando con especial inquina si le duele la cabeza o está enfadada, pero que frente a Inesita desvía la conversación hacia otro tema. «Ya lo hará». Su hijo no destaca laboralmente y ella se pregunta si es eso lo que supone un problema para Lucía, su nuera o exnuera o nuera o exnuera; mujer ambiciosa, frenética en su deseo constante de HACER... Cuando Lucía habla sobre arquitectura, uno se queda boquiabierto, embobado. En el terreno profesional ella no puede competir, no puede siquiera entrar a jugar, así que se mantiene al margen, dándose leve pena al observarse desde fuera, una vieja al cuidado de otra vieja y nada más. También es cierto que, de tantos proyectos en los que se embarca la chica, al final no tira para adelante con ninguno; una mañana se apunta a doscientos cursos de fotografía y el lunes siguiente ya está anunciando que explorará no sé qué aventura empresarial. Abruma. Agobia.

—¿A ti no te satura? —le preguntó a su hijo durante una de sus crisis.
—Sí. Cuando está no la soporto, pero sin ella todo es peor.

Eso le dijo. En el fondo, lo que ella cree es que a Lucía le motivan unas ganas atroces de llamar la atención, y lo cierto es que, si lo piensa desde ese ángulo, le sobreviene una especie de compasión, algo impreciso que apacigua la rabia; de pronto deja de verla como la adulta que es, la novia o exnovia o novia o exnovia que hace con un panoli lo que quiere y opina de todo (de las ballenas y del plancton y del urbanismo berlinés y del presidente de cualquier país de Latinoamérica y de la transición española y de la calidad del aire) y no agradece el dinero que les pasa (que es verdad que no se lo pasa a ella, se lo pasa a él, pero como suegra no le importaría recibir, por una vez, un gesto amable, un modesto reconocimiento, que parece que incluso así le habla a regañadientes) y se le revela como una niña necesitada de cariño. Si es que la pobre tampoco ha visto otra cosa, qué cabe esperar; su madre era una bohemia de estas que se largaban a Marrakech y compraban telas estampadas y las revendían y vivían la mitad del año en Menorca y fabricaban objetos de cerámica y preocupaban constantemente a sus parientes. Una cosa que Lucía no admitirá nunca es que su madre era medio drogadicta o drogadicta entera. Para Lucía su madre era una artista a reivindicar y un alma libre y una mujer excepcional (la mienta demasiado, en su opinión; hay un punto obsceno en ese apego). Ella sabe que la madre de Lucía no era lo que Lucía cuenta que era porque la madre de Lucía tenía la edad de sus primas y al final en su entorno se conocen todos, es como un pueblo. Tampoco es que la madre de Lucía se esforzara en pasar desapercibida. Se vestía con caftanes excéntricos y tuvo dos hijas con dos maridos diferentes; dos hombres que iban y venían y la sumieron en depresiones aparatosas (amenazas de suicidio, llamadas intempestivas, acusaciones...); lo curioso es que ambos retornaron a su lecho para cuidarla durante su enfermedad, algo insólito. Bastante decente ha salido la chica.

—¿Está usted bien? ¿Pongo la calefacción?

El taxista baja el volumen de la radio. Conduce con suavidad, como si el coche fuese una nave en zona ingrávida.

—Estoy bien, no se preocupe, gracias.
—Menuda semana, entre el clima y lo de este hombre. Parecía simpático, pese a todo.
—Parecía simpático, sí. Una pena.
—He llevado antes a un cliente que no le perdona. Y razón no le falta, estamos de acuerdo, pero al final le veías y era otro. Un perro magullado. Yo es que peco de indulgente.
—Le comprendo.
—¿Le pasa igual?
—Un poco.
—Ojalá no me achicase frente a la debilidad, pero uno no elige sus defectos.

Frena para permitir el paso a un torrente de colegialas.

En realidad, lo único malo de Lucía es que se resiste a lo normal (con lo fácil que sería casarse, que ni siquiera pide ella que lo celebren a lo grande, con una fiesta al uso, no hace falta, sobre todo ahora, después de tanto vaivén; bastaría que estuvieran los dos, unos testigos y el cura, nada más, aunque solo fuera para ahorrarle a ella el trago de explicarse, que cuando le pregunten pueda contestar «sí» y punto). Con lo fácil que es ser normal. Una cosa es que te toque la anormalidad, como le pasó a ella, y otra elegir la anormalidad. Es más fácil ser normal que no normal. Si es que a veces parece que lo hace aposta. Su hijo le contó que, antes de empezar arquitectura, al cumplir los dieciocho, Lucía se tomó un año sabático y se marchó a la India. Se recorrió el norte en tren y llegó hasta Calcuta y se asentó allí para ayudar a las monjas de santa Teresa y en esas conoció a una profesora de yoga y se hizo budista, que fíjate tú el sinsentido de estar colaborando con misioneras cristianas y volverte budista... Según ella, en esa época no comía carne (a juzgar por cómo engulle ahora los solomillos, cualquiera lo diría); no comía ni carne ni huevos ni leche y era budista entre monjas cristianas, cuidando a moribundos en una ciudad a miles de kilómetros de donde agonizaba su madre. En fin.

La única que coincide en sus opiniones sobre Lucía es Mercedes. Nunca ha expresado nada concreto, pero cuando ella se desfoga en la cocina después de una tarde particularmente frustrante, Mercedes no niega y en ocasiones incluso asiente, suficiente para que ella considere sus impresiones confirmadas. Una vez, hablando sobre una famosa que salía en ese instante en la tele, Mercedes se animó (iniciativa osada, impropia de su estilo) a opinar acerca de esas muchachas de encanto incomprensible que conseguían todo lo que querían (siendo ese «todo lo que querían» hombres). A su juicio, conquistaban mediante oscuras artes amatorias. Levantó los ojos de las patatas y le echó a su jefa una mirada peculiar que ella interpretó como gesto de camaradería, una especie de crítica velada a la enemiga común. Y es que Lucía recordaba a Mercedes a su propia sobrina, que no daba a su hermano —allá en su pueblo— más que disgustos. Mercedes, que es de Campo de Criptana (como Sarita Montiel), apenas ve a su familia, pero eso no significa que no esté íntimamente conectada a ella. Llama todos los días después de comer (por el teléfono fijo de la casa) y se pasa una hora charlando con su hermano y la mujer de su hermano y su sobrino y unas primas y una amiga de infancia cuyo nombre lleva siempre en la boca. A veces le coge uno y a veces le coge otro y a veces nadie, y cuando no le coge nadie languidece el resto de la tarde.

—Al yerno sí que se le notaba turbio. No escogieron bien, las hijas.

Ella aprovecha la sentencia del taxista para cambiar de tema.

—¿Usted tiene hijos?
—Dos, una niña y un niño.
—¿Y qué tal se portan?
—La niña mal, pero lo prefiero. Que sea dura, que no sabe las que le liaba yo a su madre cuando empezamos. Otro cafre.
—¿Sí? —se ríe—. No será para tanto.
—Hágame caso; aguantó lo que no está escrito.
—¡Por eso empatiza!
—Claro. ¿Se ha dado cuenta de que perdonamos más quienes más queremos ser perdonados? En mi descargo diré que mi mujer y yo nos conocimos demasiado pronto. Llevamos juntos treinta años.
—¿Y qué es lo que le hacía?
—Picar. Ir de flor en flor. Rompía con ella y luego volvía; o no rompía, me escondía y ella se enteraba por sus amigas o por su hermano, que es de mi edad. No sé por qué me comportaba así. ¿Por qué hacemos las cosas que hacemos? Porque era idiota, supongo.
—Bueno, quién no ha sido idiota alguna vez.

—¿Usted también ha hecho idioteces?
—Muchas.
—Soy todo oídos.

Mati acusó un día a Mercedes de robar. Fue cuando enviudó, durante uno de los exabruptos etílicos con los que confirmó que arrastraba un problema con el alcohol. Lo soltó casi de la nada, mientras Mercedes recogía el *office*. Andaba despeinada, ya puesto el camisón, los pechos colgando sin el *soutien* y un pitillo casi consumido en su mano flaca y moteada. Tintineaban las pulseras de oro. Cuando uno lleva tiempo conviviendo con otras personas, las reconoce sin verlas, por el sonido que producen sus movimientos o por la energía de la que inundan los cuartos en los que entran. Mati se había apoyado en el quicio de la puerta, con postura relajada, burlona, proyectando un ánimo que habían aprendido a temer, su silueta desvencijada a contraluz. «Ladronzuela», la llamó, «que te crees que no me entero, que tú de aquí te has llevado hasta las bolsitas del té». Mercedes siguió concentrada en su tarea. Ella, que lo había oído todo desde el pasillo, pegó un respingo y se abalanzó sobre su hermana, empujándola.

—¡Sal de aquí ahora mismo! ¡Estás loca!

Mati huyó dando tumbos hasta su cama, donde empezó a gemir, rehén de una aparente desesperación a la que también habían aprendido a hacer poco caso. Al día siguiente se arrimó a Mercedes para disculparse, por la mañana, antes del primer café («ya sabes cómo me pongo», le dijo; «anda, ayúdame a prepararme el desayuno»), y Mercedes hizo como si no hubiera pasado nada.

La muerte del marido de Mati desencadenó una temporada atroz para su hermana. Que Mati bebía era un hecho, pero hasta entonces no habían sido conscientes de la gravedad. Una tarde insultó a las dependientas de El Corte Inglés porque no encontraba un pantalón que le quedase bien. «¡China!», gritó a una trabajadora de rasgos asiáticos, «¡vete a tu país!». Ella tuvo que sacarla de ahí a la fuerza. Por las noches ni siquiera dormía. Agotaba las horas en su cuarto —pintado de un verde denso, un verde botella o verde oliva, oscuro en cualquier caso, a esas alturas algo descascarillado—, repasando viejos álbumes o vídeos, actividad que la obsesionaba. Se plantearon ingresarla. No fue necesario porque, gracias a Dios, a nada estuvo de convertirse en víctima del más patético infortunio; episodio que, vanidosa como era, supuso un punto de inflexión. Una tarde se quedó dormida mientras fumaba y el pitillo cayó sobre las sábanas de su cama, iniciándose así un fuego que le hubiera quemado el cuerpo de no haber estado Mercedes despierta y cerca. Después de aquello, paró de beber en seco. Ni una gota. El miedo a quedar desfigurada superaba en eficacia a la intervención profesional. Ahora que está bien tampoco duerme, pero por suerte se dedica a menesteres menos dañinos, como tragarse novelas de las que su marido se hubiera burlado. Sus preferidas son las de Virginia Lennan, que tratan sobre aventuras y romances entre estadounidenses que, por hache o por be, se encuentran en enclaves africanos en conflicto. Todas las mañanas les narra los avances, manteniéndolas a ellas también enganchadas. «Yo en África me vestiría como Kristin Scott Thomas en *El paciente inglés*. De beige y de caqui», les dice.

—¿Y lo ha sacado adelante sola?
—Sola no, pero sin el padre sí.
—¿Y a ese hombre no le da vergüenza?
—Él no se enteró.
—¿No sabe que tiene un hijo?
—No lo supo en vida, no, y ahora ya no puede saberlo.
—¿Ha muerto?
—Sí.
—¿Y su hijo qué opina?
—¿Sobre qué?
—Sobre que no le dijera a su padre que era su padre.
—Me respeta. O eso creo.
—Es un buen hijo, entonces.
—El mejor.
—¿Y usted se arrepiente?
—¿De qué?
—De algo.

Recapacita durante una pausa que se dilata.

—Sí y no, de todo y de nada.

El taxista le sonríe a través del retrovisor.

—Et voilà! ¡Ineludible cuando uno vive! Condición del existir.

El marido de Mati fue una bendición. Apareció en el momento exacto, oportunísimo como era (o quizás debería decir «reapareció», pues le conocían de toda la vida —le ponían cara y nombre y seguro que habían coincidido con él más veces de las que recordaban, porque era algo así como su primo tercero, hijo de un primo segundo de su madre al que nunca frecuentaban en un contexto familiar, pero con el que compartían círculo y algún apellido—). La experiencia le ha demostrado que el universo se rige por cierto orden. Es como si una red de coordenadas uniera y desuniera en un plano soterrado, alternativo, siguiendo una lógica que a veces escapa a la comprensión. ¿Se consideraría anticristiano pensar así? A lo mejor. Quizá las palabras adecuadas sean «plan de Dios». El caso es que el marido de Mati se abrió paso en medio del caos cuando su hermana más necesitaba un mástil al que agarrarse, un elemento calmante que le asegurara que el futuro no había acabado para ella. Nadie se enteró de que empezaron a verse; lo trajo a casa estando ya prácticamente prometidos. El bebé, con sus cólicos y sus reflujos y sus llantos nocturnos y sus primeras sonrisas y sus primeras monerías y su simple estar y ser, reclamaba mucha atención, y además todos trataban de reajustarse, de lidiar, tirando para adelante en un modo supervivencia que adoptaba formas diversas dependiendo del miembro de la familia (su madre estaba en negación, su padre aludía al pragmatismo y a un sentido patriótico que se traducía en silencio). La decisión de no informar sobre el embarazo fue, pensándolo hoy, bastante extraña, pero en aquel entonces les pareció la única posible. O la que menos quebraderos de cabeza ocasionaría a las dos partes. Cuando le empezó a crecer la tripa ella se recluyó; su vida se redujo a un circuito de hámster consistente en ir del salón al cuarto y del cuarto al comedor y del comedor al cuarto y del cuarto al salón. Sacaba a los perros, eso sí, y se sentaba en un banco de la calle a contemplar los transeúntes que iban y venían del Prado, su cara buscando el sol. Toda esa gente habitaba en el mismo planeta que ella y cargaba con sus mapas internos y existencias multidimensionales, y sin embargo ella no lograba conectar, escapar de sí misma y del limbo nebuloso en el que se encontraba, encerrada al otro lado de un cristal blindado e insonorizado (por mucho que golpease, no podía acceder al plano en donde sucedían las cosas). Nunca había requerido un grupo enorme de íntimas porque Mati y ella eran un tándem indisoluble, prolongación la una de la otra hasta esa época, pero dejó de ver y de hablar con las amigas que conservaba del colegio o la universidad. No anunció nada a nadie, de repente un día la gente sabía que iba a tener un hijo y ya está. Ni siquiera con su tía Alocha mantuvo una gran conversación al respecto (llegó una tarde, miró el bulto incipiente que se adivinaba bajo el jersey, espetó un «ya me ha dicho tu madre», apretó su hombro y poco más). Sus padres se encargaron de trasladar la noticia y darle un enfoque, aunque ella no sabe en qué términos exactos bosquejaron el asunto. Habían quedado en conceder las mínimas explicaciones posibles, hablar por encima de un noviete secreto e inmaduro ya huido, alguien sin relevancia, todo producto de una gigantesca estupidez. Lo que sí sabe ella es que las personas cambiaron el tono a su alrededor, la manera hasta de andar y moverse, como si, efectivamente, estuviera marcada por la tragedia, pero la ventaja fue que, dada la gravedad, el tema en sí tornó en tabú, suprimiéndose de un plumazo las interacciones incómodas con conocidos, alivio inconmensurable (importaba poco que en realidad el mutismo fuera un artificio que ocultaba un maremágnum, que el embarazo lo ocupara todo; ella solo quería que, durante un rato, la dejaran en paz).

—*¿Qué hubiera hecho usted en mi lugar?*

El taxista tarda en responder.

—No lo sé. No sé bien cuál era su lugar.
—Uno complicado.
—Imagino.
—No, ni se lo imagina.
—Pues por eso, no sé qué hubiera hecho en su lugar.

Ella se mira las rodillas.

—¿Cómo es estar con alguien treinta años?

Vuelve él a tardar en responder.

—Duro. Y fácil, a la vez.
—¿Y bonito?
—Y bonito. Aunque no siempre.
—¿Y todavía está enamorado?

Vacila un segundo.

—Sí. De una forma distinta.
—Pero la quiere.
—La quiero.
—Y ella a usted.
—Y ella a mí.

Punzada en la tripa.

—Suertudo.
—El que más.

El marido de su hermana fue una bendición, sí. La adoraba. Y era un buen tipo. A sus padres les costó entender que a Mati le atrajera, todavía reticentes a aceptar que su hija pequeña ya no fuera la misma que hacía unos meses. En su día, la revista *Semana* la había incluido, sin avisarles, en un reportaje sobre las guapas de España, audacia editorial que ellos afirmaron que les desagradó —fieros partidarios de la discreción—, pero que, estaba claro, en el fondo les había enorgullecido. Mati era una de las guapas de España y ligaba una barbaridad, cantidad de hombres interesantes se habían fijado en ella, así que resultaba un poco chocante que eligiera a Gonzalo, un joven que, sin estar mal, no destacaba en absoluto. Es curioso: su propia aventura con el invitado ilustre, que a un nivel les había condenado, también les servía como confirmación de que merecían lo mejor. El nieto ejercía de tótem o amuleto, objeto simbólico, casi mágico, que elevaba la valoración interna que la familia hacía de sí misma (aunque, fuera de su núcleo, allende la fachada de su edificio, el hijo sin padre supusiera una herida reputacional). Después de que trajera a Gonzalo a cenar a casa y Mati destapara sus intenciones, una sensación rara invadió a su madre, que no conseguía fingir. Era como si hubieran cultivado una rosa y la rosa hubiera mutado en margarita. Mati ignoró la decepción palpable, pues en ese tiempo no solo había perdido: había ganado independencia. Ya no estaba sometida a la influencia del clan; los consejos y advertencias y apreciaciones de su madre y de su padre y de su hermana y de su tía Alocha y de don Julián no surtían efecto; había apagado un interruptor. Ella tardó años en hablar con Mati sobre esa fase. Lo hizo cuando su hijo terminó el colegio; lo recuerda porque fueron juntas a comprar el regalo de graduación y, después, se pararon en una cafetería a tomar algo. Entonces, entre un sandwichito y otro, entraron en materia.

Mati no había podido tener hijos. Lo había intentado de la única manera que en el pasado se consideraba moral: confiando en Dios. Ahora todas las chicas católicas recurren a métodos denostados por la Iglesia, lo cual a ella le parece estupendo, pero en aquellos tiempos nadie se había emancipado aún. O quizá en el presente esté peor visto (o duela más) no tener hijos que pecar y sea solo una cuestión de incentivos. En cualquier caso, los límites de lo tolerable se han desplazado. Que Mati no hubiera podido tener hijos con su marido, en el marco de un vínculo tradicional, y ella hubiera tenido un hijo después de apenas nueve encuentros con un señor al que en realidad no le unía nada era, por supuesto, motivo de tensión. No se trataba tanto de que Mati mostrara resentimiento o disgusto o cólera, si bien en ocasiones se la percibía irritada, como de que ella se sentía culpable y, en consecuencia, no siempre actuaba con naturalidad. No obstante, aquella tarde, después de comprar el regalo de graduación, Mati expresó un «le quiero como a un hijo» que, de repente, abrió una puerta dialéctica nueva.

—Y él a ti como a una madre.

Su hermana orientó la cara hacia la ventana y dijo:

—Cuando nació, costó, ¿eh?

Ella se revolvió en la silla, incómoda.

—Sí, pero mira qué bien estamos ahora...

Mati guardó unos segundos de un silencio serio, abstraída, y luego, sin previo aviso, regresó de aquel paraje lejano y declaró que lo sentía. «Lo siento», dijo. «Siento no haber estado ahí». Se acuerda ella de que en ese instante abrió mucho los ojos, sorprendida por el giro de la conversación. Entendió de inmediato a lo que se refería porque era verdad que, durante la etapa maldita, Mati no había estado y, de hecho, había desaparecido por completo, pero lo cierto es que tampoco ella había estado al lado de su hermana y que probablemente fueron ellos, todos ellos, los miembros de su familia, quienes la empujaron a la desaparición. O a lo mejor Mati había crecido tan bañada en atenciones, bajo tantas miradas admirativas, que no ser la protagonista por un rato causó un trauma excesivo. Quizá incluso le vino bien caerse del trono en el que se había instalado. En cualquier caso, es preferible que los aprendizajes se produzcan con suavidad y desde el afecto, hasta para las niñas caprichosas. Ella comprendía (y comprendió ya la noche que le trajo a casa) que Mati escogiera a alguien como Gonzalo. Gonzalo era como un notario o un farmacéutico o un gestor o un profesor diligente; un hombre de fiar, suelo sobre el que pisar firme durante un hundimiento.

—¿Está enamorada nuestra Matildita? —preguntó Mercedes esa primera vez, cuando el novio se hubo ido.
—Mucho, contestó ella.
—Pues hale, a vivir la vida.

Le cerró bien la bata y le dio un achuchón.

El invitado ilustre era lo opuesto a un suelo firme. Nunca sabías cuándo iba a asomar la cabeza, a dónde te llevaría ese día, cuánto tardaría en llamar. En una pareja, ama más el que más espera, y estaba claro que, en esa pareja (o en esa dinámica de dos), la que esperaba era ella. No respondía a una estrategia calculada, el hacerla esperar; solo era la consecuencia natural del desequilibrio. Él tenía una agenda y una familia, una vida paralela en la que ella no existía. Sin embargo, en ese momento, durante ese par de meses, la vida de ella era él (soñaba con él, se despertaba y pensaba en él, organizaba sus jornadas y las jornadas futuras con él como punto de referencia). Aprendió ahí que la atracción no se basa en exclusiva en lo que provocan las características del otro (su aspecto físico, su temperamento, sus virtudes y defectos), sino en el juego que se establece. A ella le gustaba más *la persona* cuanto menos control tenía sobre *la situación*. ¿Sería preciso decir que no era tanto que le gustara él como que le excitaban las coordenadas en las que él la situaba (unas de constante alerta, de expectación, aunque a veces esa alerta y esa expectación le generaran ansiedad)? Sí. Por ejemplo: una noche él canceló la cita cuando ya estaba vestida y maquillada y lista, emocionada incluso, y, media hora más tarde, cuando ya se había desvestido y desmaquillado, llamó para informar de que la recogería en cuarenta minutos.

—Qué guapa estás —le dijo al verla.
—Gracias.

Ningún reproche, ningún reclamo (no se enteraría él de que había llorado).

—¿Sabes que, en Francia, las mujeres ahora se peinan así?

Le agarró el pelo con una delicadeza desmañada e intentó reproducir, sin éxito, lo que había detectado en las calles de París. El enfado de ella se esfumó.

Le gustaba, también, cómo besaba. Cuando él la besaba, se sentía elegida, y eso corregía un déficit atávico (no era insegura, pero pertenecía al género inseguro; el género dependiente de la aprobación). Mirarse a través de sus ojos, resignificarse gracias al valor que le daba. ¿Le daba valor? Bueno, estaba allí con ella, y eso era suficiente. Le gustaba cómo besaba, pero no la besaba como se besan los amantes en las películas, con el estrépito propio de la clandestinidad y la sed posterior a la sequía. No. A él le divertía hablar, contarle cómo había ido su semana, que ella le escuchara y asintiera y le aportara breves consideraciones, las justas para mantener la ilusión de igualdad. Era cariñoso. La cuarta vez que se vieron, le llevó flores. Un ramo de nardos.

—Ponlos en tu cuarto, verás cómo huele mañana...
—Mis padres preguntarán.
—Pues diles la verdad.

Sonrió, socarrón.

«¿Y cuál es la verdad?», le habría preguntado ella.

El invitado ilustre era estímulo y Gonzalo era descanso, y qué es el amor —reflexiona ahora— sino una alternancia eterna entre estímulo y descanso.

El taxi avanza, atasco en Claudio Coello. En Claudio Coello había estado el bufete de su padre. De pequeñas, a ellas les chiflaba ese bufete, que visitaban de manera excepcional dos o tres veces al año. Ya solo montarse en el coche las ponía nerviosas, y además ese día las vestían un poquito mejor que de costumbre. El ascensor era tan viejo que casi daba miedo subir. En el tercero, una placa dorada diferenciaba la gruesa puerta de las del resto de pisos y, ya dentro, el moquetón azul se extendía por el suelo como un mar hecho de nubes, mullidez idónea para que las niñas echaran a correr rumbo a su padre. Las secretarias le adoraban, los clientes le adoraban, el portero le adoraba; hasta el resto de socios, que hubiesen preferido que al menos simulara más a menudo que estaba ocupado, le adoraban. Ese amor que ella percibía en los demás aumentaba su propio amor por él, emoción superlativa que hinchaba su pecho y la transformaba entera. Ella era su hija. SU hija. Su padre las llevaba de la mano y las montaba en sus rodillas delante de la mesa de las reuniones, les enseñaba el cuarto de los documentos antiguos y el archivador general y dejaba que tocasen las plumas y que escribieran alguna cosa sobre un folio en blanco. Él siempre comía en casa, volvía a la oficina, se tumbaba en el sofá de su despacho y luego volvía a casa otra vez, pero no tardaba en salir de nuevo, a departir con los amigos o comprarse una corbata o recorrerse la Castellana con los perros, la jornada todavía joven, culo inquieto como era, accionada cada hora (incluso cuando dormía) su faceta social.

Si a su madre le importaba su aversión a la domesticidad, no lo dijo. Ella tenía también su vida, sus amigas que merendaban en su salón o a las que iba a ver, el *bridge* y la canasta y las charlas con don Julián. Las señoras de su clase estaban lejos de ser amas de casa abnegadas, y además su padre la quería. La mano en el fuego no la pondría, principalmente porque eran otros tiempos, pero juraría que, pese a disfrutar de los demás, fue un hombre fiel. Sí, fue un hombre fiel. Está segura. Pondría la mano en el fuego. Se emociona al recordar a su padre tanteando hasta rozar los dedos de su madre en el sofá, en esas escasas ocasiones en las que se relajaba por completo. Desconoce si él estaba al corriente de que su madre abusaba de los tranquilizantes. Nadie hablaba de eso. Solo cuando enfermó se puso de manifiesto, pero el médico gestionó el aprieto con benevolencia, improvisando una fórmula que la perjudicara lo menos posible, sin exponerla a humillación.

—Olvídese de quimeras. Las cosas solo pueden pasar de la manera en que pasan —A ella le cuesta seguir al taxista, que habla como si profiriera una leyenda o un enigma o un conjuro, cada vez más enfrascado en su trance—. ¡No caiga en la trampa! La consideración que tenemos de los pasos que damos depende de cómo haya discurrido la vida después de darlos.
—¿A qué se refiere?
—Por ejemplo: yo hoy he decidido coger el coche. Si ahora tengo un accidente, coger el coche habrá sido una equivocación. Pero, si llevo a un futbolista que me deja una propina enorme, habrá sido un acierto.

Cuando ella se vio obligada a contarle a su madre que no se ponía mala, casi se muere del pánico. El primer mes ni siquiera se dio cuenta de la falta, no era regular y jamás se había preocupado por esas cosas, pero a medida que avanzaba el segundo, notando además cambios en su cuerpo (un leve cosquilleo en la *poitrine*, hinchada), se hizo evidente que debía consultar a alguien. Nunca había ido al ginecólogo y no se le ocurría cómo hacerlo sin pasar por su madre. No, mentira; en ningún momento quiso saltarse a su madre, sortearla; no contemplaba posibilidades que no la incluyeran. En realidad, no contemplaba ninguna posibilidad. Su mente estaba embotada. Sí sabía que podía estar esperando, de ahí el miedo, pero no creía que fuera algo que de verdad fuese a suceder. Digamos que, en el terreno de lo factible, cabían las dudas sobre un potencial embarazo, no un embarazo. Anunció a su madre que necesitaba que la llevara al ginecólogo, esforzándose por ahogar cualquier nota discordante en el tono. Lo hizo mientras se untaba la mantequilla en la tostada, aposta, para no mirarla.

—¿Y eso?
—No me he puesto mala.
—¿Desde hace cuánto?
—Este es el segundo mes.

Su madre se caracterizaba por su nula reactividad. Era una mujer contenida, como un palomo que observara desde una rama y, en silencio, acumulara sobresaltos en su pecho plumoso. Pocas veces intuían lo que estaba pensando, pero sabían que pensaba porque luego le salían urticarias. Sufría de la piel, y su piel era una fotografía de su alma. La mañana siguiente amaneció con una pupa en el labio y le comunicó que había concertado una cita para esa misma tarde.

—Arréglate.

Las horas siguientes, a ella le costó respirar.

De su vínculo con el invitado ilustre ellos estaban enterados solo a medias. Eran conocedores de que, a raíz de la montería, habían entablado una pequeña amistad (amistad de naturaleza confusa, no exenta de interés por parte de uno de los participantes), pero creían que se habían visto en menos ocasiones de las que se habían visto y que, cuando se habían visto, lo habían hecho acompañados. Si el invitado ilustre no hubiera sido el invitado ilustre, sus padres se habrían comportado de manera distinta, oponiendo resistencia a la tentativa de aproximación (o a la mera inclinación) de un señor mucho mayor que, encima, estaba casado. Pero *si mi abuela tuviera ruedas, sería una bicicleta*. En total, él llamó a su casa once veces, de las cuales mínimo tres cogió su madre. No siempre era su voz la que se oía al otro lado del teléfono; en ocasiones llamaba alguien en su nombre y él se ponía unos segundos después, pero está convencida de que, al menos una de las veces que cogió su madre, era él el que hablaba (recuerda que luego, durante la cena, él y ella bromearon al respecto). De hecho, a partir de cierto momento, su madre hizo el movimiento consciente, intencional, de evitar coger, como si prefiriera que el testigo principal de lo que estaba sucediendo fuera otro (Mercedes, por ejemplo). Sus padres la vieron acicalarse, plantarse tacones, salir por la puerta sin Mati; la vieron llegar tarde, contestar con evasivas, inventar excusas. Vieron sus cambios de humor cuando se espació el contacto y la escucharon impasibles todas las veces que les dijo que prefería no acompañarlos a un sitio u otro (quería quedarse en casa, por si llamaba). Vieron todas esas cosas. También estaban ahí cuando, un día, ese mismo teléfono dejó de sonar (o dejó de sonar para ella). Vieron que ya no se acicalaba ni se plantaba tacones ni salía sin Mati ni llegaba tarde. Lo vieron todo, el principio, el durante y el final. Lo que decidieran hacer con los espacios vacíos, los intervalos en los que no podían verla, no le incumbe; cómo decidieron rellenarlos, lo que decidieron imaginar o no imaginar, las conversaciones que quizá mantuvieron, preocupados, en la cama, antes de dormir... Él era el invitado ilustre y sus padres, humanos, ergo débiles. Desde luego, no fue su culpa. No fue culpa de nadie. No se incumplieron promesas porque no se articularon promesas; no se alimentaron expectativas. De hecho, hablar de culpas equivale a hablar de errores, y su hijo es lo contrario de un error. «Un beso de Dios». Así lo definió el ginecólogo cuando confirmó la noticia. Un beso de Dios. Un beso de Dios cuya aparición provocó un vahído en un palomo con tendencia a la urticaria, pero, al fin y al cabo, un beso de Dios.

—El niño ha dicho que no tiene padre.

La profesora la analizaba, turbada, buscando en su rostro o su atuendo algún signo de disfuncionalidad. Es probable que ansiara que la desmintiera, incapaz de afrontar las implicaciones de albergar en su clase a un chiquillo de familia desestructurada (supuso ella que su hijo se había convertido en un elemento disruptivo; alguien que, con esa sinceridad suya —producto solo de su ingenuidad—, suscitaba dudas molestas en los demás alumnos, todos pertenecientes a entornos conservadores).

—Es la verdad.
—¿Cómo la verdad? ¿Murió?
—No, no murió. No está con nosotros.
—¿No está?

Sintió la tentación de hacer una broma atrevida, algo así como compararse con la Virgen, pero por fortuna se frenó a tiempo. A lo largo de los años había perfeccionado un tono frío, cortante, que disuadía a quienes osaban aproximarse al tema, herida abierta que portaba en su carne y que estaba al alcance de todos (cualquiera podía preguntar algo en cualquier momento) y que ella creía que debía proteger. Quizá hubiera sido más cómodo inventar que, efectivamente, el padre había muerto, pero el niño llevaba su apellido y no quería obligarlo a él a ser cómplice de semejante patraña. Mentir era demasiado complicado. En realidad, su parcela social gozaba de un talento inmenso para reabsorber los escándalos. En su círculo nada se olvidaba, pero todo se olvidaba. Aventuras extramaritales entre cuñados o con secretarias o hasta con primas de la esposa, hombres a los que se había pillado con hombres y que luego se habían casado, novias abandonadas en el altar, discusiones terribles entre hermanos (por herencias, claro), socios que traicionaban a socios, ruinas imprevistas... No se condenaba al destierro o, al menos, nunca de forma definitiva. Se montaba un revuelo del copón durante un periodo más o menos largo, unos meses malos para los protagonistas del embrollo, pero con el tiempo se veía a esos mismos protagonistas en la cafetería de Puerta de Hierro o en cualquier boda, charlando de lo lindo con aquellos que les habían puesto verdes. Todo importaba mucho y todo daba igual. Que ella fuera madre de un chico de procedencia desconocida dejó de impactar pronto, aunque sería la sombra que acompañaría a su hijo hasta el día de su muerte. Los únicos que mencionaban el asunto eran los profesionales o los burócratas, los médicos de algunos hospitales (mientras rellenaban el historial), las gentes como esa profesora.

—¿Y qué podemos hacer para que el niño no asuste a sus compañeros?
—¿Asusta a sus compañeros?
—Bueno, no les asusta, les desconcierta; les genera desasosiego.
—¿Y cómo hace eso?
—Se les acerca y les dice que no tiene padre, que nació sin padre, que no tener padre es mejor... Si me permite la sugerencia, hay psicólogos infantiles que podrían ayudarla.

Cuando cumplió los siete años, a su hijo se le cayó un diente, circunstancia que aprovechó para llevar a cabo un sofisticado plan cuyo objetivo era atrapar al ratón Pérez, potencial mascota sobre la que sus amigos y él llevaban tiempo queriendo poner las manos. Valiéndose de cerillas y otros materiales (gomas de pelo, gomas de borrar, lápices, celo), construyó una pequeña trampa de engranaje inteligente y la colocó en un lugar estratégico de su mesilla. El problema era que no le bastaba con pillar al ratón; necesitaba ver con sus propios ojos cómo lo vencía, mantenerse despierto, pero además parecer dormido, pues si no el ratón no se atrevería a aproximarse. Para ello robó unas viejas gafas de su abuelo y pegó sobre los cristales dos dibujos de ojos con párpados cerrados, clásico truco que se le ocurrió a él solo. Tardó tanto en dormirse de verdad que ella casi se queda roque esperando. A los dos años empezó a decir frases completas y se obsesionó con un juego para el cual demandaba la participación de todos, que debían fingir que no le oían hasta que pronunciara la palabra «piña», llave mágica que deshacía el hechizo. Cada noche durante un lustro quitó los almohadones del sofá del salón y erigió una guarida (siempre idéntica); la guarida de los cuentos, reservada para, en efecto, la lectura de cuentos. Muchos sábados comían pasta en Rugantino, su restaurante favorito. Después del desfile militar del 12 de octubre, que le pirraba, ordenaba sus juguetes (los leones y tigres y los camiones de bomberos y los mickeymouses y los dinosaurios) en filas perfectas, pintoresco ejército encargado de salvar a una princesa o a un gato encaramado a una rama. Ensuciaba los cristales y los espejos con las puntas de sus dedos pringosos, se sentaba en las escaleras de los Jerónimos cuando iban de paseo, trepaba por los árboles del parterre de El Retiro. En una ocasión en que la fiebre no le bajaba, se le pasó por la cabeza a ella avisar al invitado ilustre, aunque ni siquiera sabía cómo contactarle ni lo que le diría. «Voy a llamarle», le soltó a su madre. «Ni de broma», contestó ella. Fue la única vez. A los dos días leyó en el *¡Hola!* que se encontraba de viaje oficial en Copenhague.

Fernando sugirió una noche que al niño le hacía falta una figura paterna, que esa ausencia podría volverle «blando». Quizás fuera una manera de postularse para la posición, no está segura, o quizás de verdad percibiera en él rasgos poco masculinos. A ella no le importaba si su hijo era «blando»… ¿O sí? No, y además es que su hijo no era blando, ¿por qué iba a ser blando? Destacaba en fútbol, le chiflaban los deportes. Lo cierto es que Fernando y él nunca se entendieron, razón por la cual ella no consiguió enamorarse del todo. O a lo mejor no era alguien de quien ella se pudiera enamorar y su hijo, hecho de su misma pasta, detectara también una incompatibilidad; la imposibilidad de que la historia cuajase. Tardó en presentárselo porque había oído que no era bueno introducir a personas antes de afianzar los lazos, que luego las desapariciones causaban angustia, y además su hijo estaba menos preparado que nadie porque no la había visto con hombre alguno, y no porque ella le hubiera ocultado novios o amantes, sino porque no había estado con hombre alguno desde que él nació. Once años tardó en volver a ligar. Once años. Si te descuidas tres segundos, la vida pasa. Lo curioso es que en esos once años no había tenido ganas. Tampoco habían surgido demasiadas oportunidades. Cada vez que alguien mostraba interés (en una cena, en la feria, en Santander...) aclaraba ella pronto su estatus, madre soltera, no para coartar el abordaje, sino para ahorrarse un rechazo posterior peor, más humillante y doloroso. Pero es que ni siquiera había llegado a menudo a ese punto. En su opinión, las chicas, las mujeres, son como esas flores orientales que se abren o cierran, siendo la apertura una llamada; había una parte de sí misma que, en ese tiempo, se había cerrado y que se negaba a abrirse; una parte de sí misma que, si no había muerto, se hallaba en estado de hibernación. Así era improbable gustar, dar pie, incitar... Por el contrario, cuando a una le apetece, cuando existe predisposición, el resto del mundo responde, ya se esté en una discoteca o en misa. A ella no le apetecía, quizás porque, tras sobrevivir al periodo tumultuoso, se aferraba a la calma, y además porque todas sus energías se concentraban en el niño. Pero Fernando hizo las cosas bien. Fue cortés, fue paciente, fue sensible. Le conoció una Semana Santa, en Comillas, lugar al que ella iba con bastante asiduidad, invitada por su amiga Sol, estupendamente casada con un señor rentista que ya apenas pisaba Madrid. La casa del matrimonio era preciosa, famosa por lo espectacular, situada además en el centro mismo del pueblo, y la estancia ahí muy cómoda, pues su hijo era de la edad de los hijos de la familia, dos gemelos pecosos que en Comillas estaban llenos de *maids* y de planes (meriendas y cumples infantiles, clases de tenis...) a los que él se acoplaba, lo cual le proporcionaba a ella altas dosis de autonomía.

La primera vez que se encontraron con Fernando fue en Gerra, playa compuesta por kilómetros de arena limpia que se prolongaban hasta el infinito, preludio de un mar alborotado cuya temperatura azuzaba el flujo sanguíneo. Fernando paseaba todas las mañanas por ahí y se pegaba un baño que ella, más adelante, repetiría que terminaría matándole (ningún corazón resiste ese nivel de congelamiento). Aquel día, cuando ella y Sol se aproximaron a la orilla, le vieron saliendo del agua, su cuerpo de cuarentón, pálido y barrigudo, conmovedor mientras movía los brazos para combatir el frío.

—Es Fernando Satrústegui —informó su amiga, que conocía los nombres de todas las personas y de los padres y de los abuelos y de los hijos—. Seguro que ha venido con los López de Carrizosa.

Dos días después volvieron a verlo, esta vez vestido. Tenía un estilo un pelín cursi, Fernando, salpicado de colores aquí o allá, en el pantalón o el jersey, que se colocaba sobre los hombros. Prestaba atención a los zapatos, al cinturón, a la longitud de las mangas de sus chaquetas; acudía religiosamente a un sastre de confianza y, siempre que viajaba, aprovechaba para visitar las tiendas anglosajonas de ropa para hombre. Todo un pelín cursi, sí. Coincidieron con él en el club, a las siete de la tarde, jugando al mus con un primo del marido de Sol, que les presentó.

—Erais vosotras las que estabais en la playa, ¿no?

Sol se adelantó.

—¡Sí! Demencial bañarse en esta época... Nos dio frío solo con verte.
—Qué va, si es una gozada. Probadlo un día. Venid conmigo.

Aunque luego descubriría ella que Fernando tenía un humor extraño, de virajes imprevistos (unas veces parecía simpático y otras no tanto, rarezas que quizá explicasen que nunca se hubiera casado), la impresión inicial fue buena. Era un hombre generoso, con voluntad de satisfacer. Invitaba a comidas y cenas, hacía regalos. Se dedicaba a la venta de aceite y aceitunas en el extranjero, todo proveniente de su campo andaluz, negocio boyante que le procuraba muchas más ganancias de las que sus padres pronosticaron cuando le dejaron ese número ingente de hectáreas. Había sido muy listo, Fernando, y muy trabajador. Ella no estaba acostumbrada a los hombres tan trabajadores, a la gente tan trabajadora, así que algo en su asertividad y disciplina le resultó atractivo. Era puro nervio, y gozaba del tipo de suerte que se genera con el propio movimiento; cada puerta que abría le abría la puerta a veinte puertas más. Vendía a Alemania, a los países nórdicos, a Estados Unidos, y —no sabía ella cómo— en cada lugar establecía una red de contactos que le ayudaban con mil y un favores. Supervisaba todos los escalafones de la compañía y sus trabajadores le respetaban. Infundía respeto, sí. A veces podía hasta provocar miedo. Aquel día se tomaron un gin tonic con él y ella, mientras hablaban, notó un cambio sutil en su propia predisposición interna (una grieta, una rendija por la que se coló algo). A la mañana siguiente, el primo de Sol comunicó que su compañero de mus se había enamorado.

—Ojo, que a este le has encantado.

Su hijo jugaba a escasos metros de la mesa del desayuno y ella se tensó. Sol lo percibió y le echó la bronca.

—Basta ya de esta chorrada, por favor. ¡Eres joven, eres guapa, te queda mucha vida por delante y a tu hijo no le va a pasar nada porque vayas a cenar!
—Si no es por él, es por mí.
—Pues que se te quite la tontería.

Sol y ella se habían conocido en las clases de parto sin dolor, en un centrito de preparación para gestantes ubicado en un bajo del paseo de La Habana. Iban ocho mujeres a su misma hora y todas se ponían a las órdenes de Concha, que les informaba de lo que sucedería el día del nacimiento y les enseñaba cómo relajarse y respirar. Era como practicar yoga: agradable y desagradable a partes iguales. Estar en ese lugar las colocaba en una posición vulnerable, y no solo a nivel literal (la alineación de sus cuerpos), sino a nivel emocional, pues se las animaba a aprovechar la sesión para compartir sus miedos e inquietudes de cara al evento que cambiaría sus vidas. De los ojos de algunas, a veces, manaban ríos incontrolables de lágrimas y, sin apenas darse cuenta, se confesaban intimidades que unas extrañas no deberían haber sabido. La mayor parte de ese rato, no obstante, la dedicaban a parlotear sobre frivolidades. Fue la única vez que ella se permitió la fantasía. No tomó la decisión consciente de hacer lo que hizo (servirse de aquel espacio para encarnar una versión distinta de sí misma); le salió casi solo, juego de rol inocuo que le concedía una especie de tregua. En el limbo que se creaba entre esas cuatro paredes, ella era una mujer casada (una mujer casada cuyo marido —un hombre bueno, atento— sin duda se volcaría para estar a la altura cuando llegara el bebé).

—¿Y te has quitado el anillo?
—Con el embarazo se me hinchan los dedos.

La mentira brotaba de su boca sin dificultad; su alma flotaba. «¿Cómo se llama?», indagaban las otras. «Jacobo», respondía ella. Jacobo. Un nombre perfecto. Si le gustaba tanto acudir a la clase semanal no era, claro, por el aprendizaje relativo a los músculos o el diafragma; lo que le apasionaba era regodearse en la existencia paralela que había inventado. Cada jueves añadía detalles que enriquecían el retrato, capas y capas que dotaban de consistencia. Jacobo dejó de ser un boceto para convertirse en un humano, con sus preocupaciones y sus alegrías y su trabajo y sus aspiraciones y congojas: el recién concebido marido, que había estudiado ingeniería, disfrutaba jugando al tenis, corriendo por El Retiro, viendo películas sobre mafiosos, resolviendo crucigramas... Se casaron en El Castañar, el campo de una tía de su lado, y a él y sus hermanos les salían unos hoyuelos encantadores al sonreír que ella deseaba que heredara su hijo.

Poco a poco, a medida que se cumplieron los nueve meses de rigor, las mujeres fueron desertando. Al final solo quedaron ella, una francesa con aspecto de suricato que casi no había engordado y Sol, que le cayó fenomenal desde el principio. Ignoraba su apellido, pero no lo necesitaba para identificarla como a una igual. Su vestimenta, su dicción, las palabras que elegía (y las palabras que elegía descartar), incluso sus facciones (la mandíbula marcada, las cejas) o el modo de peinarse (el leve encrespado)... Imposible referir los innumerables matices que constituyen los códigos que las habían llevado a reconocerse (códigos complejos, traspasados de generación en generación e interiorizados durante décadas); el caso es que se reconocieron y se hicieron amigas. El último día, antes de separarse, intercambiaron sus números en la calle, escribiéndoselos en dos papeles que apoyaron en sus respectivas espaldas.

—Este es el número de casa de mis padres —aclaró ella.

Había previsto que Sol preguntase, lo había hasta anhelado, pero le contestó con un escueto «vale». A punto estuvo ella de optar por la vía fácil y no añadir nada, largarse y dejar que descubriera su circunstancia por su cuenta, que la considerara una pobre loca y la mandara a paseo sin mayor interacción, pero su aislamiento en aquella etapa le pesaba tanto, se había abierto un agujero tan hondo dentro de sí, que la perspectiva de perder para siempre a esa nueva aliada se le antojó insoportable. No aguantaba el ambiente opresivo de su casa, la cruz del secreto sobre su nuca, la esclavitud del remordimiento; no aguantaba mantener idénticas conversaciones con las mismas cuatro personas cada día; no aguantaba abrir los ojos por la mañana y recordar de pronto, notarse la protuberancia, notarse el pecho, enfrentarse a la certeza de que no experimentaría la vida que había imaginado para sí misma, de que había decepcionado a sus padres y de que pasaría las próximas doce horas encerrada, vegetando, mientras Mati escapaba, con su vientre plano, vacío, a sitios repletos de gente y de risa y de luz. «¡Espera!», gritó cuando Sol se disponía a parar un taxi. «Espera, tengo que contarte una cosa».

Se sentaron en los escalones del portal y ella le contó todo lo que podía contar. Le contó que se había quedado esperando de un hombre que estaba bien (recalcaba que estaba bien, «de verdad, estaba bien», pretendiendo decir que era un hombre elegante), pero que ese hombre había desaparecido.

—¿Desaparecido?
—Sí, desaparecido.

Le contó que había mentido porque se avergonzaba, que su soledad era como una mancha de alquitrán que no conseguía limpiarse; le contó que estaba tremendamente triste. «Entendería que no quisieras saber nada de mí». Cómo no lo iba a entender. A esas alturas, lo entendía todo.

Aunque elevó las cejas y abrió la boca, Sol no emitió sonido, lo cual acentuó la ansiedad. Su impulso primario era rellenar el silencio con palabras (palabras estúpidas, fruto de la urgencia), pero en ese momento estaba demasiado cansada.

—Señoritas, no deberían ustedes estar aquí —El portero del edificio les invitaba a marcharse—. ¡Oh, disculpen! No había visto su... Su estado. Enhorabuena. ¿Se encuentran bien? ¿Necesitan algo?
—Nada, gracias —respondió Sol—. Nos íbamos ya.

Sol se deslizó hacia la calle, veloz, y ella la siguió a trompicones, privada de repente de un centro que la sostuviera. Cuando llegaron al borde de la acera, su ¿amiga? ¿examiga? levantó la mano. Ella se quedó paralizada, observando cómo esa única conexión con el otro lado, el lado de la normalidad, huía (confirmación letal, desoladora, de que merecía el rechazo del mundo). Sin embargo, cuando el taxi se paró frente a ambas, Sol la miró, agarró su brazo y dijo:

—Entra, te llevo a casa de tus padres.

A ella le costó reaccionar, poco habituada en esos tiempos a los desenlaces felices. Ya en los asientos traseros del coche, rompió a llorar. Lloró y lloró y lloró y lloró. Sol colocó su cabeza en su hombro y la sostuvo, íntegra, contra su cuerpo.

—No vuelvas a mentir así. Prométeme que no me vas a volver a mentir así.

Ella intentó verbalizar un «te lo prometo», pero la frase se le desbarató en los labios.

—Tranquila. Yo estoy aquí.

Les quedaban tres días en Comillas y no volvieron a toparse con Fernando, pero, animada por Sol y por el gusanillo que se le había despertado en el estómago, y siguiendo además los consejos de su psiquiatra, que la alentaba desde hacía siglos a exponerse, se esforzó en mostrar, delante del amigo común, cierta disponibilidad. Ese miércoles, ya en Madrid, obtuvo la recompensa a su audacia: un ramo de flores (peonías) enviado a casa, con una nota que rezaba «Te invito a cenar». Su experiencia en el terreno ligar (o, más bien, en el terreno salir) se limitaba al invitado ilustre, cuya metodología se alejaba de lo que era común. Con él no había entrado jamás a un restaurante, por ejemplo; todas sus citas se produjeron en casas de amigos suyos que no estaban allí cuando llegaron ellos. No sabía lo que era pasear por las calles de la ciudad acompañada de un hombre, que un hombre saliera del coche para despedirse en el portal o, sencillamente, la sensación de libertad; el estar con alguien sin temor a ser vistos. Con Fernando viviría todo eso por primera vez, que no era poco.

En su primera cita, la llevó a El 31, un local lujoso, de decoración peculiar, para el que ella sentía que no se había arreglado lo suficiente.

—¡Cómo no me has avisado de que veníamos aquí!
—Si te hubiera avisado, no habría sido una sorpresa.

No era fácil terminar los platos por la cantidad de gente a la que había que saludar. Era Fernando al que se acercaban y, entre tanto jaleo, ella tuvo la oportunidad de retraerse y examinarle. Fernando era expansivo —hablaba alto, reía alto—, pero alternaba esa aparente apertura con un rictus severo que, como ella comprendió con el tiempo, no respondía a un enfado real, solo a un estado perpetuo de gravedad. Era muy perfeccionista, y ya en esa cena notó ella su tendencia a recolocar los cubiertos, el vaso, la servilleta; a buscar paralelas exactas, a no tolerar asimetrías o desórdenes. Esto supondría un problema más adelante, pues su hijo era caótico y tornaba en caos todo aquello que tocaba. De hecho, el desencadenante principal de una de sus más grandes peleas fue que el niño, ya no tan niño, rompió un jarrón.

—Careces de autoridad.

Fernando era obsesivo. Y un sibarita. Leyendo el menú, le indicó lo que, en su opinión de experto, debería pedir. Pato salvaje asado. Ella le hizo caso y acertó. Con él aprendió a comer, a probar, a educar su paladar. También la introdujo en la música clásica (la llevó en varias ocasiones al Auditorio nacional) y, pese a que ella nunca llegó a apreciar del todo lo que estaba oyendo, agradeció que él se tomara la molestia de enseñarle. De su vida con Fernando echa de menos, sobre todo, eso; que la sacara, que la arrastrara a un punto y otro y ella se viera obligada a emperifollarse un poco, elegir atuendo y ponerse guapa (aunque, a decir verdad, en su día solía darle pereza cualquier plan que le proponía). Ahora Mati y ella apenas van a nada, ni siquiera a restaurantes. Los domingos Mercedes descansa, así que bajan a comer a la *trattoria* de la esquina de su calle, un rincón ideal en el que se ocupan de ellas (las tratan como reinas), pero que no cuenta como verdadera salida, porque es como si fuera una extensión de su casa. Con su hijo, alguna vez, en fechas especiales, cenan o comen por ahí, y si es con Lucía se encarga ella de encontrar un lugar apetecible, lo suficientemente *cool* como para colmar sus exigencias de insatisfecha crónica (le gustan los establecimientos modernos que no se pasan de obvios; detesta, sobre todo, lo rancio, adjetivo predilecto que aplica a todo y que, por supuesto, ha usado para referirse a las sugerencias decorativas de su suegra —se le ocurrió a ella proponer que pusieran moqueta en el piso que alquilaron, pecado al parecer imperdonable—). Una cosa que la conquistó de Fernando es que escuchaba. Preguntaba sin incurrir en invasión y luego se callaba; dejaba tiempo para que ella se explayara, para que ella encontrara la locución precisa. En esa primera cita hablaron de temas delicados como, por ejemplo, la enfermedad de su madre, a la que acababan de diagnosticar de cáncer. Fernando había perdido a sus padres, sabía lo que era el dolor, e intervenía con acierto, prudente, ofreciendo su hombro sin copar demasiado espacio. Esa noche no la besó. Caminaron de vuelta a casa, sin importar el frío, y, antes de decirse adiós, quedaron para comer al día siguiente.

—Enamorarse es ponerse en manos de otro. A veces le toca a uno ser las manos y a veces no.

La voz del taxista le recuerda a la de los dobladores de actores mayores; es una voz cóncava, henchida, producto de la suma de sedimentos. Ella contesta, inmersa en el juego oral.

—Y, si eres las manos, conviene ejercer el poder con responsabilidad, ¿no?
—No necesariamente. A veces uno es las manos justo por lo contrario; a veces la irresponsabilidad convierte a uno en las manos.

Las frases del taxista la envuelven, la mecen, la tutelan.

—Tiene usted razón. ¿Y entonces?
—Entonces nada. Cuando uno se enamora, solo le queda rezar.
—¿Es religioso, usted?
—No.
—¿Y cree en Dios?
—Creo en el dios de las cosas pequeñas.

Ella no pide que desarrolle, le ha entendido.

—Y cuando morimos, ¿vamos al cielo?
—Qué más cielo necesita que esta conversación.

Se pregunta quién habrá en la misa, si irá la que todavía es su mujer. Seguro. Estos días, los miembros de la familia, incluso los menos proclives, han desempeñado un papel acorde al singular cierre, proyectando una imagen de unión (relativa, cordial) y de cariño austero. La muerte lo cambia todo. O lo devuelve todo al que es su sitio. Los hermanos peleados retroceden a su versión de la niñez, los examigos rescatan el afecto perdido, las esposas desterradas marcan territorio en sus reconquistados dominios... Recuerda ella que la revelación de La Otra como lo que era, un ser humano, le impactó sobremanera (sintió que la atropellaba un tren). Hasta entonces había vivido convencida de que el suyo era un matrimonio arreglado, un acuerdo beneficioso para ambos cuyas cláusulas, si bien quizá no escritas, estaban estipuladas con claridad y complacían a los dos. Nadie se lo había dicho, era una intuición que en su cabeza se había asentado como verdad indiscutible y que hallaba ratificación en hechos como, por ejemplo, el físico de la aludida, muy distante del tipo que solía atraer a los hombres como el invitado ilustre. Además, era lo que cabía esperar de alguien en su posición histórica, un compromiso concertado. Tratarle solo añadió peso a su sensación: la forma en la que él hablaba de su familia, de su cotidianidad; todo llevaba a concluir que ahí no había nada. Y, sin embargo, una noche, casi de pasada, mencionó algo sobre una joya, unos pendientes que quería regalar para, digamos, apaciguar las aguas. Ella no entendió a qué aguas se refería, qué debía apaciguar y, quizá por primera vez, se atrevió a preguntar (no es tanto que se atreviera como que las emociones la poseyeron y perdió su habitual capacidad de contención; es probable que, en ese instante, su rostro se constriñera en una mueca nueva para él).

—¿Está enfadada? ¿Y eso?

Él escapó al cuarto de baño, balbuceando desde lejos.

—¡Bueno, ya sabes! Le gustaría que estuviera más presente. Lo de siempre.

Lo cierto es que ella no sabía qué era «lo de siempre». No sabía nada de nada. De pronto, esa mujer en la que apenas pensaba, a la que concebía como un extra de la película que ella estaba protagonizando, personaje unidimensional sin entidad o sustancia, daba un paso adelante y se le presentaba, la obligaba a mirarla y verla; verla de verdad. Y ella vio. Y lo que vio no le entusiasmó. Porque vio dolor. Y si había dolor, quizá hubiera amor. Y ella no contaba con eso, y no porque ahora se le apareciera como contrincante, sino porque hasta entonces había actuado en un marco de suspensión de conciencia que en adelante se volvería difícil de mantener. Era la amante. Y no una amante especial, elemento inofensivo entre una pareja en realidad inexistente, no; era una amante como todas las amantes y había una esposa como todas las esposas de infieles, enamorada y sufriente.

En los años posteriores, cuando la mujer salía en pantalla, a ella se le retorcían las tripas. Se ahogaba en la culpa; toneladas y toneladas de culpa. Si estaba allí a su lado, su madre apagaba la televisión. Acompañaba el gesto —exagerado, casi teatral— de un comentario nimio acerca del atuendo, como queriendo compensar, reducir la importancia, lanzar al aire un «aquí no ha pasado nada». La pantomima era ridícula e incrementaba su malestar, pero le costó tiempo reunir el valor para pedirle que parara. «Deja la tele encendida, mamá». No podía. Su psiquiatra solía señalar que la neurosis no es otra cosa que culpa.

—¿Y qué hago, doctor?
—Hablar.

Recuerda la expresión del médico la tarde en que por fin le confesó quién era el padre de su hijo; también la ligereza con la que ella abandonó la sesión, de pronto liberada de una carga inasumible. El pobre hombre no había imaginado el percal que acabaría entre sus manos cuando la recibió por primera vez. Seguro que alucinó. ¿Se lo contaría él luego a alguien, a su esposa o a algún amigo o a su propio psicoterapeuta? No, ni de broma. Se lo había prometido. Fue a partir de ese momento cuando ella empezó a encontrarse mejor. Era cierto que muchos de sus nudos se deshicieron a golpe de hablar; la terapia era como desplegar y alisar un papel que hasta entonces hubiese llevado dentro del bolsillo, arrebujado en una pelota. Verbalizar, expulsar palabras, ponerlas en orden. Ocurrió también que, a medida que construía su vínculo con su hijo (desde los cimientos, como una casa) y se iba sintiendo más competente en el rol de madre y, por ende, en el rol de adulta, más terreno ganaba a los monstruos y más potestad recuperaba su voz. Era una buena madre, lo notaba. Su niño confiaba en ella. Cuando fingía estar enfermo para evitar un examen, no le obligaba a ir al colegio; negociaban. «Si hoy te quedas, no puedes saltarte ninguno más hasta final de curso». En una ocasión, llegó antes de tiempo a recogerle y pilló a un amigo suyo fumando. Esa noche le preguntó si él había probado el tabaco.

—No.
—Dime la verdad.
—No, te lo juro; Bosco fuma y Luis también, pero yo ni lo he probado.
—¿Y tienes ganas de probarlo?
—A veces me entran.

Ella se levantó y fue a por la caja de pitillos que guardaba en la cómoda del salón. Volvió, encendió uno y se lo pasó a él, que la miró confuso.

—Dale, prueba.
—¡Mamá!
—¿Qué?
—¡Es raro! Aquí, contigo...
—¿No quieres?

Se rio, tímido; luego se puso el pitillo en la boca y aspiró, provocándose una tos divina de adolescente imbécil. Ella le hizo un gesto para que continuase y él obedeció. A la tercera calada, el asco aniquiló cualquier atisbo de curiosidad.

—No te prohíbo fumar, pero no intentes engañarme. Es imposible ocultar que se fuma. Lo sabré y me decepcionará que me hayas mentido.

Nunca habían tenido un conflicto grande aparte del conflicto grande que les hostigaba y hostigaría; casi nunca se peleaban por otra cosa que no fuera esa. En los años en los que madres del curso se quejaban del pavo de su prole, él no causó problemas. Su psiquiatra acostumbraba a decirle que no era malo que, en algún momento de su desarrollo, los hijos se rebelasen, confrontasen, sentasen las bases de su propia identidad, pero, aparte de alguna borrachera, el suyo mantuvo el equilibrio: ni repitió ni se metió en peleas ni se drogó o desobedeció demasiado, no se sintió impelido, y no piensa ella que fuese por falta de carácter, porque carácter no le falta en absoluto. De hecho, lo ha demostrado de sobra. Con lo de su padre, por ejemplo. Quizá ese tema fuera para él la herramienta emancipadora, un cuchillo metafórico con el que cortar el cordón umbilical (objeto en el que concentrar su emocionalidad y reafirmarse individuo independiente), pero, por fortuna para ella, él no se enteró del nombre hasta ser bastante mayor y solo con veintitantos, cuando la agresividad no estaba ya atravesada por los brotes hormonales, empezó a exteriorizar ciertas desavenencias. Sí que sucedió en esa época que, de repente, decidió que le apetecía conocerle. Recuerda el martes fatídico en el que se lo comunicó. Un martes caluroso, estival. Habían terminado de cenar unos filetes de ternera empanados, en el *office*, y se lo soltó como quien suelta un galgo en una carrera o aprieta un gatillo, concediéndole nulo margen para prepararse.

—Quiero conocerle.

Dijo eso, «conocerle», no «conocer a mi padre», sabedor de que ella entendería. Y ella entendió.

Se le heló la sangre.

—Eso no puede ser.
—¿El qué no puede ser?
—No puedes conocerle.

Retiró la silla y comenzó a recoger platos y cubiertos, chocándolos entre sí con brusquedad. El ruido, molesto, enardecía los nervios de ambos, ya irritados.

—¿Por qué no puedo conocerle?

Se giró, llevó todo a la pila, abrió el grifo.

—Porque no, y además es una tontería que quieras conocerle. Ya le conoces. Le ves en la tele, le ves en las revistas, le ves en los periódicos. Sabes perfectamente cómo es. ¿Qué más necesitas?

Elevaba la voz, de espaldas a su hijo.

—Que me conozca. Él a mí… Que me conozca él a mí.

Introdujo sus dedos enjoyados en unos guantes amarillos cuyo material gomoso le producía grima. Cogió el estropajo. Hacía siglos que no lavaba nada en la casa, a lo mejor era la primera vez que tocaba esos utensilios. Simuló limpiar.

—¿Para qué? ¿Qué ganas tú con eso?
—¿Qué gano?
—Sí, ¿qué ganas? Explícamelo, ¿qué ganas?
—¿Estás de coña, mamá? ¿Cómo que qué gano? Para empezar, un padre.

Harta de pelear contra un resto de salsa que no se despegaba de la loza, se quitó los guantes y tiró el estropajo a la pila. Cerró el grifo.

—Él va a ser igual de padre tuyo le conozcas o no y va a actuar igual que ahora si le conoces.
—¿Cómo lo sabes?

Abrió el grifo. Agarró una taza del armarito superior. La llenó de agua y bebió un trago largo. ¿Por qué bebía agua de una taza? La dejó en la encimera. Cerró el grifo. Cruzó los brazos. Se dio la vuelta. Le miró.

—Porque lo sé.

Su hijo no había cambiado de postura.

—¡Pero si eres tú la que no le conoce! ¿Hace cuánto que no le ves?
—¿Te parece un hombre dispuesto a armar un escándalo por un hijo perdido por ahí?

Gritaban.

—¿Pero qué escándalo? Por mí como si no se entera nadie. ¡Mejor!
—¿Vas a ser su secreto?
—¿Y por qué no?
—¿Y de qué te sirve a ti eso?
—¿Por qué hablas de «servir»? Servir, servir, servir, servir. ¿Por qué tiene que «servirme»? No te hacía tan utilitarista…

Ella vagaba por la cocina como una gallina clueca; su mente, casi siempre lúcida, se revelaba incapaz de formular argumentos sólidos para retenerle. De pronto, como una prófuga conduciendo a la desesperada, tiró por un atajo vertiginoso:

—¿Qué es lo que pasa? ¿No soy suficiente para ti?

Tomó conciencia al instante de que recurría así a un burdo intento de manipulación, pero no pudo siquiera sentirse culpable en paz, porque el chico también se había percatado y se lo reprochó.

—Mamá, por favor.

Su cara venía a expresar un «vales más que esto». Ella dudó si redoblar esfuerzos, pero no se le ocurría nada inteligente que añadir, así que se mordió la lengua y respiró hondo. Se sentó de nuevo en la mesa. Una fila de hormigas depredaba las migajas esparcidas sobre los individuales.

Había escogido ese día porque estaban solos. A ella le encantaba estar sola con él. Quizá por supervivencia, como mecanismo adaptativo frente al escenario adverso, ella había idealizado —inyectado de una carga literaria, romántica— la estampa de ambos, madre e hijo, al margen del resto de la gente, masa homogénea y ramplona en comparación con ellos. Se miraba desde fuera y le satisfacía el pequeño equipo que habían formado, indestructible, con un lenguaje propio al que ningún externo tenía acceso. Separados estaban llenos de defectos, juntos eran perfectos.

—No quiero que le conozcas. No quiero.

Se tapó los ojos con las palmas de las manos. Él debió de captar que esta vez no había ficción en su tristeza, pues se aproximó a ella y le frotó la espalda.

—Mamá, eres suficiente, siempre has sido suficiente, y además lo sabes, pero esto no tiene nada que ver contigo; tiene que ver conmigo y con mi padre. No puedes hacer nada.

Era verdad. Ella carecía de autoridad o poder para impedir que sus caminos se cruzasen y, pensándolo ahora, tampoco comprende del todo por qué le parecía tan espantoso que eso pudiese ocurrir. Eran dos hombres con cerebro, criterio y educación, ¿dónde habría estado la tragedia? Un intercambio de palabras, una charla. En realidad, es el progresivo desgaste de la figura del invitado ilustre, su decadencia general, lo que merma su entendimiento acerca de su reticencia pasada, pues en aquellos tiempos se le percibía como a un señor importantísimo, protegido por un sistema de escudos tangibles e intangibles difícil de atravesar. Imperaba la sensación de que había que salvaguardar aquella estructura y de que quien la amenazara saldría escaldado. Se hablaba incluso del CNI. No obstante, ella no había temido ese tipo de represalias. El miedo había sido que la caída de una pieza desencadenara la caída de todas las piezas, el desplome, no solo de la megaconstrucción sino de sus propias vidas, modestas y abordables. Que les acosaran los *paparazzi*, que periodistas escribieran sobre ellos (sobre sus padres y sobre Mati, sobre el niño), que su hijo no pudiese ir tranquilo al colegio o tener una vida normal. Había logrado un frágil equilibrio, una estabilidad, y le producía pánico el potencial desbarajuste. Una simple brisa bastaría para trastocar el castillo de naipes, instaurado y conservado con rigor.

—Haz lo que quieras. Yo no te ayudaré.

A partir de esa noche, arraigó en la cabeza de su hijo la idea del encuentro. No compartió con ella la estrategia, los avances o retrocesos en su plan, pero no había que ser un genio para advertir lo que estaba haciendo. Es probable que la semilla estuviese ahí desde la infancia, soterrada, y que, ahora que él había manifestado con franqueza su deseo, el virus —hasta entonces vigilado, sometido a férreas restricciones— se hubiese extendido con toda la potencia acumulada durante años, infectando cada neurona de obsesión. Como cuando se liberan las presas: en su hijo ya solo había padre. No es que pusiera en pausa su vida para alcanzar el objetivo, no; encaminó su vida a alcanzar el objetivo, incorporando el objetivo a su vida y desarrollando su vida de modo que le guiara hacia el objetivo. Se hizo amigo de un chico que tenía piso en Mallorca y que invitaba a colegas en verano, se hizo amigo de otro chico que navegaba e iba a las regatas de Sangenjo, se hizo amigo de miles de chicos, con casas en campos en los que se celebraban monterías y cacerías. Era como el conde de Montecristo, pero sin metodología y sin paciencia. Ella observaba desde los márgenes, rehusando inmiscuirse. Llegaba incluso a hacerle gracia. Una simple brisa bastaría para trastocar el castillo de naipes, sí, pero para trastocar el castillo de naipes la brisa habría de estar bien orientada. El procedimiento de su hijo era puro caos. Como madre, sin embargo, admiraba el tesón. También le hacía gracia el teatrillo en el que ahora participaban ambos. Ella misma le ayudó a preparar su maleta para su breve estancia en Galicia.

—¿Y qué vais a hacer por ahí?
—Pues bañarnos, comer, salir… Lo que se hace en esos sitios, mamá.
—¿Te vas a portar bien?
—Sí. Prometido.

Tenía claro que no era esa la vía, que así no lo conseguiría. Estaba convencida de ello, con un nivel de certidumbre quizá irracional. Le enternecía que el niño creyera que viajando a Palma en agosto albergaría alguna oportunidad. Cuando se apuntó como voluntario en una fundación en la que su padre había entregado un premio el año anterior, la ternura se transformó en pena. No era bonito verle chocarse contra paredes, desintegrarse poco a poco como una polilla. A ella le hubiera gustado abrazarle, pedirle que parara, arroparle y acunarle hasta que desapareciera su dolor, pero el pacto tácito era no mencionar el asunto, la gesta absurda en la que se había embarcado y, menos aún, sus fracasos. Resultaba increíble, en cualquier caso, cómo se las arreglaba él para establecer lazos. Ella había suprimido su papel en sociedad el día en que se enteró de que iba a tenerlo y, por lo tanto, nunca había podido arrimar el hombro en ese sentido, y además la cuestión del padre inexistente obstruía el cauce, pues en su entorno le convertía en algo así como un bicho raro, pero era muy guapo (guapísimo) y eso le beneficiaba. Tan guapo era que una de sus mayores preocupaciones mientras lo educaba era impedir que se volviera un cabrón. Hubiera odiado que se aprovechara de esa ventaja para herir a las mujeres, puso mucho empeño en que aprendiese a tratar con respeto. Tanto es así que ahora vivía apaleado por una tonta que lo tiranizaba. En fin. El caso es que la misión no le procuró frutos y, con el tiempo, las cosas se tranquilizaron. Él perdió interés, algo nuevo (quizá Lucía) llamó su atención. La intensidad de la fijación disminuyó progresivamente hasta desvanecerse por completo. Y fue justo entonces (porque así es como pasan las cosas), en un estado de paz, cuando, un 15 de mayo, fiesta en Madrid, ella sintió el puñetazo en el estómago.

Se había sentado en la butaca del salón, Gonzalo sacaba un vino. Se disponían a ver la corrida de San Isidro, que ya había empezado. La voz familiar del locutor alternaba entre describir el clima y entrevistar a asistentes, algunos célebres, no recuerda quiénes. Su hijo estaba en la plaza, se había llevado a una cita con las entradas de un amigo que esa tarde se encontraba mal. Aunque no era su primera vez, el cartel de esta ocasión destacaba sobre cualquiera de los anteriores. Paquito «el Charro», Rafael de Luna, Daniel Úbeda. Tres primeras figuras en la cumbre de su carrera.

—La suerte que tiene tu hijo es una cosa que no se puede creer.

Ella asintió, divertida. Se lo pasaría genial y, encima, impresionaría a la chica. Iba a untarse un poco de queso en una regañá cuando, de repente, le enfocaron: un primer plano de la cara del invitado ilustre, sentado en la segunda fila de un tendido de sombra.

Casi se desmaya.

Habían pasado ya muchos años desde el nacimiento, ¡décadas! Se había normalizado en su casa que de vez en cuando apareciera ese rostro aquí o allá. Ella ya ni reaccionaba y a su alrededor tampoco se hacía o decía nada; entendían que el hombre no se evaporaría, al revés; era un fantasma, un espectro, algo así como un inconveniente inevitable que habían optado por integrar en el paisaje. Sin embargo, en ese instante, sus pulmones se hundieron bajo unas súbitas ganas de morir. Fue extraño: del mismo modo que había sabido que el chico no lograría encontrárselo cuando se lo había propuesto, supo ahora que esa tarde sí que ocurriría.

Dentro de su cuerpo, el peligro adoptó una forma sólida, concreta, que encapsulaba enorme densidad; un bloque hecho de certeza. Se sentía como un zorro que, sagaz, hubiese detectado la presencia del cazador; como los pájaros que en las películas apocalípticas perciben el final antes que ningún otro ser vivo. Estaba segura, no había duda: su hijo y el padre de su hijo cruzarían, como mínimo, las miradas, y aunque eso en sí mismo no tenía por qué significar nada u ocasionar mayor desastre, una sombra negra se precipitaba sobre ambos, madre y niño, y ella podía notarla. Había leído una vez, en el periódico, la historia de una indígena que en un país latinoamericano rajó primero el cuello de su bebé y luego el suyo. Estaba ingresada en un hospital de neonatos y, cuando los médicos se acercaron a su habitación, creyó —en un delirio que atribuyeron a una locura transitoria consecuencia del estrés del parto— que se hallaban en un riesgo de dimensiones colosales, razón por la cual agarró un bisturí y sacrificó a su criatura y a sí misma. A ella se le vino a la cabeza esa mujer porque, en ese segundo (y esto nunca lo reconocería en voz alta), la comprendió.

Rafael de Luna se arrodilló para recibir a portagayola. Cadencia, temperamento y ajuste, titularía un artículo del *ABC*.

Contempló las seis faenas completamente paralizada, identificándose no con los toreros sino con los toros; animales toscos, hermosos, a los que clavaban instrumentos afilados y que se postraban, agonizantes, sobre un charco de sangre espesa. Le dolían los músculos de la tensión. Esa noche soñó que un buitre se posaba en la lámpara de su mesilla y que un millón de ratas escapaban de debajo de su cama. Despertó y su hijo no había vuelto a casa. Luego despertó de verdad, corrió al cuarto del chico (ya un adulto) y lo encontró allí, dormido.

—Protégele.

Esa fue la última palabra que le dijo su madre.

—Protégele.
—Vale, mamá.

Ya no la oía.

Mati y ella bromearían, meses después, tras superar el duelo y volver a reír juntas, acerca de la posibilidad de que se refiriese al invitado ilustre y no al nieto, tan patriota como era. Pero no, claro, se refería al nieto. ¡Qué dramatismo, el de su madre! Consignar la escasa fuerza restante a sentenciar así, como bruja poseída, en lucha contra una maldición sobre la que en vida ni había hablado… ¿Proteger a su hijo? Si era lo único que hacía. Es posible, de hecho, que en su afán de protegerle hubiese arruinado su propia existencia. Fernando, por ejemplo, no había soportado tanta protección. Decía que había una zona de ella en la que era imposible entrar; que había levantado un fuerte en el núcleo de su ser y que dentro estaban su hijo y el nombre del padre de su hijo, que ella se negaba a compartir, y que con esas reservas no prosperaba la verdadera intimidad. Al principio, le estimulaba la existencia del área inaccesible, el misterio que alojaba en su seno la mujer con la que dormía, terreno a conquistar, pero, cuando comprendió que la negativa no formaba parte de un juego, que ella era honesta en su voluntad de guardarse esa información para sí, empezó a frustrarse.

—Te pediré que te cases conmigo el día que te conozca hasta el fondo. Ahora no sé quién eres.
—Antiguo —se burlaba ella—. Sentimental.

Que no desvelara el nombre se convirtió para él en la prueba irrefutable de que no le amaba, pues amar era entregarse y ella se resistía a entregarse entera. Presionaba Fernando para obtener esa última cesión, sin éxito, porque, además, cuanto más suplicaba, menos dispuesta estaba ella a pronunciar la palabra sagrada, la palabra prohibida. Una noche, él se fue de su casa a un hotel solo porque ella se quedó en silencio pese a la insistencia. En realidad, y aunque le cueste reconocerlo ahora, no andaba tan equivocado. Si se hubiese enamorado hasta las trancas o, mejor dicho, si hubiese confiado en que envejecerían juntos, es probable que se lo hubiera contado. Pero la historia se inició ya con fecha de caducidad. El problema no era él. Tampoco ella. Ni siquiera era la química. El problema era que un círculo no encaja en un triángulo, por mucho que se intente. Tres años y medio duró el noviazgo (qué ridículo suena el término cuando los protagonistas no son jovenzuelos). Tres años y medio de felicidad o infelicidad, no lo sabe; de algo, que es mejor que la nada. Montaron a caballo por Doñana, esquiaron en Baqueira, visitaron Jerez y Ronda y Vejer de la Frontera; viajaron a Londres, jugaron al backgammon. «Te quiero», declaraba él. «Y yo a ti», contestaba ella, y ni mentía ni decía la verdad.

Fernando no le rompió el corazón. A ella le rompió el corazón el invitado ilustre, y fue tan limpio en la ejecución que, como afectada, casi ni se enteró. Un profesional de la materia.

—Me voy a México en breves. Te lo dije, ¿no?
—No, no me lo dijiste.
—Pues me voy. Luego me mandan a Argentina, Chile y Perú, será un viaje largo.

Ella achinó los ojos. Su cuerpo de veinteañera se derramaba, desnudo en la cama, cubierto solo en parte por la sábana suave. La única luz encendida era la del cuarto de baño, cuyo raudal se aventuraba entre sus piernas y bajo el pecho, sobre la tripa, colándose en la piel como un participante más.

Era inexperta, pero no estúpida. Percibió que se le estaba notificando algo.

Él tanteaba el suelo para encontrar su ropa.

«Estoy enamorada de ti», pensó ella.

—Haz tu vida, ¿eh? Y no te pongas triste, dijo él.

«No, por favor».

—Vale, le respondió.

¿Era el final o una interrupción? ¿Por qué de repente le hablaba como un padre y no como lo que era, un amante; su amante?

Se acercó él al costado de la cama mientras se abotonaba la camisa, se inclinó y besó su frente y su mejilla.

—Te llevará Esteban —susurró—. Yo me quedo aquí un rato, he traído un par de cosas que tengo que mirar.
—¿Ahora?
—Cuando estés lista.

Su tía Alocha era de la opinión de que, si no te han roto el corazón al menos una vez, no has vivido. Ella está de acuerdo. Leyó hace meses en una revista de mala calidad —la *Cuore*, por ejemplo— unas declaraciones disparatadas en las que Madonna o Cher, no recuerda cuál, afirmaba que nunca le habían roto el corazón. La artista, más vieja que Matusalén, presumía de este hecho, como si fuese motivo de orgullo, y ella concluyó entonces que esa señora no sabía lo que se perdía. El espanto, eso desde luego, pues el desamor es como transitar diez infiernos con el alma a cuestas, pero también la oportunidad de beber de la fuente de sabiduría; probar el líquido ancestral que ensancha el espíritu y te apremia a empatizar con todas las personas que han existido y existirán. ¿Sobre qué hablar con alguien a quien nunca han roto el corazón?

El invitado ilustre rompió su corazón y, después de eso, ella no volvió a ser la misma. Qué caprichoso es el amor, qué necio: le rompió el corazón un hombre con el que estuvo en nueve ocasiones y no aquel con quien compartió cientos de noches. Diría, incluso, que fue con Fernando con quien descubrió el sexo, porque hasta Fernando no había sido participante activa del acto sexual. No es que hubiera hecho cosas que no quería hacer, pero con el invitado ilustre se comportaba como una visitante en territorio ajeno; con Fernando, sin embargo, era también la dueña del espacio. Lo más importante que habían hecho Fernando y ella, no obstante, era desayunar. Ir al cine. Convivir de día, forjar una rutina. Y, con todo, cuando rompieron —tras una pelea apoteósica que incluyó un vaso de cristal tirado con violencia contra una pared—, a ella no le importó. No miente: le dio igual. A lo mejor un desamor te inmuniza, como la varicela, y esa primera decepción la había salvado de decepcionarse. ¿Decepción? Humillación. Le humilla aún la imagen de sí misma, tan joven, bajando sola en el ascensor (sus ojos manchados de vergüenza), todavía reticente a procesar, sumida en el desconcierto cuando entró en el coche.

—No voy a volver a verle, ¿verdad? —le preguntó a Esteban.

Recorrían Serrano a una velocidad ilegal, de madrugada. Apoyaba ella la cabeza en la ventana tintada. La ciudad, vacía, reflejaba su propio panorama interno.

—No lo sé, señorita.
—Sí que lo sabes.
—No lo sé, se lo juro; lo que sí sé es que es usted muy guapa y muy amable, tiene una sonrisa preciosa, y si no le vuelve a ver, sobrevivirá.

Le parece a ella que fue ayer, y no lo dice por decir; es como si esa noche hubiese quedado atrapada en un limbo atemporal y ella pudiese entrar y salir de la escena en cualquier momento. Se recuerda contenta, antes del desastre, que no exactamente feliz (porque, como había escrito Proust, «en amor nunca puede haber calma, porque lo que se logra es tan solo nuevo punto de partida para más desear»). Estaba contenta porque él había sido afectuoso. Y luego, PUM. Si no hubiesen programado aquel viaje, ¿la habría dejado igualmente? Es probable. No, probable no; es seguro, aunque quizá un poco más tarde. Había ella evitado ser demandante o pesada, nunca le había notado saturado; la historia a lo mejor se habría prolongado un rato. Pero claro: ese rato hubiera supuesto un cambio radical; infinitas bifurcaciones abriéndose frente a los dos. Un mes y medio más y el embarazo habría sido, también, cosa suya. ¿Cómo se lo habría tomado? Guioniza varias versiones de esa conversación; en algunas él le sorprende para bien y en otras para mal.

—Hemos llegado —anuncia el taxista—. No dejan pasar más adelante. Cuidado al salir.
—Cóbrese treinta.

El hombre se gira y la mira de frente. Sus ojos la penetran. Intercambian el dinero.

—Vaya tranquila.

¿Ha deducido algo? Imposible. Ella debería alarmarse, pero está bajo los efectos calmantes de la sobriedad que la confronta.

—De acuerdo —le dice.
—Adiós, señora.

Se baja del coche. Siluetas enfundadas en abrigos avanzan hacia la puerta de la iglesia. Parecen aves que cojean, encorvadas. Un par de policías organizan el cotarro. Ella da unos pasos y para. Se la come el miedo. Mira su móvil. No sabe qué espera encontrar en la pantalla, pero no lo encuentra. El taxista no se ha marchado; está a tiempo de volver a montarse y regresar a casa. Mati y las primas andarán ya de cháchara, Mercedes estresada en la cocina. Solo debe darse la vuelta, nadie la obliga a estar ahí. Pero se queda. Camina. Un pasito, dos. ¿No fue Baudelaire quien dijo que no se puede hacer nada sino poco a poco? Eso se lo enseñó Fernando. Ve a una sobrina del invitado ilustre. Qué barbaridad, qué mayor está. Son todos tan viejos que hasta los hijos de los viejos son viejos. Oye ruido de cámaras. Oculta el rostro bajo el *shatush*. Cuando su madre murió, tenía la cara hinchada como si se hubiese ahogado en el mar y se hubiese colado por sus poros el agua entera del océano. Fue como si su cuerpo cediera por completo, relajado por fin; una fealdad espeluznante que ella, paradójicamente, asoció a la paz. La velaron en casa, con don Julián pegado al féretro y recibiendo el pésame. Siempre tan discreto, el cura. En algún momento se aproximó a su hijo para sugerirle, con sutileza cuestionable, que se acercara de vez en cuando a misa. Su hijo le odiaba. De su hijo adora que siempre acierta con sus filias y sus fobias. Con su novia le ha fallado la brújula, eso sí, pero bien sabe ella que en asuntos de cama el discernimiento brilla por su ausencia. Sube las escaleras de piedra; un señor trata de ayudarla y ella, temerosa, le rechaza. Nadie pregunta su nombre, nadie comprueba si debería estar ahí. ¿No es extraño? Quizá no. Entra en el templo, se santigua. Suena un órgano. Grupos de gente se mueven de un lado a otro, susurrando. Ella se coloca en un costado, amparada por una columna. Aunque con dificultad (una cordillera de cabezas obstaculiza el campo de visión), acierta a distinguir a los hijos en la primera fila (él, altísimo), a la nuera e incluso a uno de los exyernos, que al segundo se retira a uno de los bancos de atrás. También están los nietos y, efectivamente, la viuda. Aprieta el bolso contra su pecho. Sabe, como lo sabe toda España, que, en sus últimos años, al muerto lo acompañó otra mujer con la que le unía un vínculo intermitente comenzado hace ya décadas, pero no la ve. Pobre señora; llorará en su propia casa por un hombre al que seguro que quería más que cualquiera de los aquí presentes. Bueno, quizá se haya pasado: sus hijas se supone que le idolatraban y presume ella que, pese a todo, su hijo sentía y siente cosas importantes por él, complejas y profundas. Amor, sí. Mira las espaldas de todos e intenta descifrar los gestos. Es probable que, si uno permanece atento, perciba las escisiones y alianzas, los afectos sinceros y los fingidos o exagerados para la ocasión. Se pregunta cómo experimentará cada uno el dolor. El duelo es individual, intransferible... Si alguien hubiese examinado a Mati y a ella después de la muerte de su madre, nadie habría creído que eran dos hermanas navegando la misma pérdida. Mati se desplomó, sumergiéndose en un mutismo compacto que luego describiría como un bosque umbroso. Ella, por su lado, contrajo las responsabilidades prácticas, ayudada por el santo de Gonzalo. Durante la enfermedad sucedió un poco lo mismo: Mati entró en estado de parálisis mientras los demás iban y venían, actores *amateurs* de una obra patética en la que habían de fingir que el cáncer no lo estaba corroyendo todo. La tía Alocha contaba la historia de una conocida suya que, tras la muerte de su madre, había perdido la cabeza (se la encontraron comiendo pienso de perro). Claro que una madre casi nunca es lo mismo que un padre y, en este caso particular, los familiares se han enfrentado a duelos previos al duelo definitivo (es como si el muerto hubiese vivido mil muertes antes de morir). En cualquier caso, para la muerte nada te prepara. Para la real. Ni siquiera las mil muertes simbólicas que puedan precederla.

Observa. Se ha traído lexatines, por si acaso, pero ahora está serena. ¿Qué pensaba que iba a ocurrir? ¿Que la iban a detener? ¿Por qué? ¿Que alguien la identificaría? ¿Quién? Si ha pasado casi medio siglo y ya entonces fue ella insignificante en la ecuación. ¿Supo su esposa algo sobre su identidad? No lo cree. En las ensoñaciones más optimistas que evocó tras la ruptura (si es que puede llamarse ruptura a la decisión unidireccional de alejarse de alguien a quien no te ata ningún compromiso), se engañaba imaginando que se le había organizado aquel viaje oficial para separarle de ella, como en una tragedia shakesperiana, con decenas de opositores repitiendo su nombre y apellido y convenciéndole de que su amor era imposible. Evidentemente, eso no fue lo que pasó. Sonríe un poco. Fija los ojos en la nuca de la viuda, en su cuello. Carga las pupilas de intencionalidad, buscando una reacción (que gire la cabeza, que la mire desde lejos), pero la mujer se mantiene hierática. Es una de esas señoras que nunca han sido jóvenes, que nacieron señoras. Seguro que ella también se siente algo ridícula, consciente de que todos saben. O a lo mejor no. Quizá haya encontrado un reducto de dignidad en el estatus, que la separa del resto. ¿Habrá aquí, escondida en alguna parte, otra que haya sido amante? ¿Habrá alguien que haya sufrido tanto como sufrió ella, esperando una llamada que nunca llegó? Escudriña a los concurrentes. La edad iguala las facciones; todos ellos podrían ser primos. Ubica varias caras. Le deprimen sus rasgos, derritiéndose como mantequilla alemana, y sus ojos uniformes. ¿Qué misterios cobijarán sus almas? Los visualiza desnudos, entregándose a una animalidad turbadora, y luego sentados a la mesa, debatiendo acerca de política o economía. Algunas de estas personas han estado juntas desde la adolescencia, desde la infancia incluso; se saludan con confianza, afirmarían que se conocen, pero los rincones internos vetados a escrutinio ajeno superan con creces los mostrados. Bordan una coreografía que no contempla el tropiezo, o que reintegra el tropiezo en el baile para que el baile prime sobre el tropiezo. Una ocurrencia atraviesa su cerebro, desbocada, como un rayo o una estrella fugaz, irrefrenable. ¿Y si corriese hacia el altar y abriese el ataúd, montase un alboroto, tirase del pelo de la viuda? ¿Y si gritase ahí en medio, frente al cura y los demás, «parí un hijo del muerto, venid a casa a verle, tiene sus ojos»? Le entran ganas de reírse. El sentido del humor es una puerta a la libertad.

«*...yo soy la resurrección y la vida. El que cree en mí, aunque muera, vivirá, y todo el que vive y cree en mí, no morirá jamás...*».

¿Qué hace aquí? ¿Por qué ha venido? ¿Qué aspiraba a constatar? Al fin y al cabo, este hombre no era más que eso: un hombre. Lamenta que no haya conocido a su hijo y a su vez lo celebra; su hijo ha sido solo para ella, le pertenece solo a ella, y así es mejor. O quizá la solución sea ni lamentar ni celebrar. ¿No ha dicho el taxista que las cosas solo pueden ocurrir de la manera en que ocurren, que no existe más vida posible que la que estás viviendo? La realidad tangible se revela prosaica, imperfecta, sí, pero perfecta en su imperfección. Se suena a sí misma como a mensaje de galletita de la suerte. Basta. Las narraciones circulares, en donde las piezas cuadran, le resultan pueriles. Está siendo pueril, está siendo vulgar. Hay algo irrefutable, no obstante, y es que ella quiso, y el amor no es pueril ni es vulgar. Ella quiso. ¿No decía san Pablo que el amor todo lo excusa, todo lo cree, todo lo espera, todo lo soporta? ¿No decía que el amor no pasa nunca? Una única certeza: el amor, el suyo, que duró un segundo que no cesa. Se da la vuelta y se prepara para irse. Irse de verdad; irse por fin. Y entonces le ve. ¿Es él? Sí, es él. Bajo su piel ahora de pergamino, la expresión afable de antaño. Conserva también la cicatriz en la barbilla, las orejas desproporcionadas (más exageradas hoy). Va vestido con un traje azul que desentona, ha menguado y luce barriga. El escolta que acompañaba al invitado ilustre en los primeros encuentros que tuvo con él. ¿Cómo se llamaba? ¿Víctor? ¿Héctor? No se acuerda. Está al otro lado del pasillo, valora si cruzar. No. Pero el cuerpo de ese semejante, testigo de su presencia en un pasado remoto y, por lo tanto, cálido en esencia, la llama como hoguera en noche helada. Ansía estar cerca de él, abrazarle incluso. No. De pronto, como si la hubiera notado, él la mira. Ella, instintivamente, aparta el *shatush* de su propia cara. Una invitación. A confirmarla. ¿Confirmarla como qué? Personaje de esta trama. Ser humano. Los ojos de Víctor, los ojos de Héctor, pasan de largo, divisan sin reparar en su avidez, la abandonan, sobrevuelan las filas repletas hasta llegar de nuevo a su destino, allá delante. Nada.

Sale de la iglesia. Camina para coger un taxi.

***

Está nervioso, la chica es muy guapa. A ella no le gustan los toros y él le ha dicho que a él tampoco (no le disgustan, ha mentido), pero que merece la pena ir por el ambiente, que se lo tome como un estudio antropológico. Además es que es verdad, en ninguna otra parte se aglomera gente de tantos estratos, hay algo democratizador y fascinante en los toros. Pasa un poco como con el fútbol. A su lado, por ejemplo, está sentado un anciano de acento raro y pinta pésima, arrugado como una pasa, que señala algo sobre la trayectoria del viento. Ni una nube en el azulísimo cielo, aunque no hace tanto calor como creían. Ella va demasiado ligera, pasará frío. Se le ven las piernas, la piel de gallina. Proyecto de excitación. Debería ofrecerle su jersey, pero le avergüenza un poco el exceso de caballerosidad. A lo mejor queda ridículo. Los sitios son bastante buenos. Han pedido dos cervezas. Pobre Joaquín. Por la mañana no paraba de vomitar. Había gente pagando dinerales en la reventa y aun así le ha regalado las entradas; eso es ser un buen amigo, coño. El Charro y Daniel Úbeda, ni más ni menos. Y luego el tonto de Rafael de Luna, que a él le cae mal porque es arrogante y se mete siempre en rollos de política, habla de más y la pifia. Es bueno, igualmente. Qué guapa está Lucía; qué ojos tiene, la tía. Quiere besarla, pero no es el momento. Luego la besará. En un rato. Le va a meter un beso que se le va a olvidar cómo se llama.

—Toma mi jersey.

Se lo quita.

—¡No! ¿Seguro?
—Seguro.

Sonríe y ella le sonríe de vuelta. Mucho color en las gradas, sombreros y gafas de sol y camisas, claveles en las solapas, mantones floreados sobre la barrera. Está todo el mundo agitado. Se impone la corazonada de que van a asistir a algo especial, si bien siempre que ocurre eso termina gafándose la cosa, fracaso. Toros mansos, fallos a la hora de matar. Pasa como con las citas, que si se te dispara la ilusión cierras la noche con un tiro en el pie. Lo sensato es rebajar expectativas. El plan es entretenido, en cualquier caso; él se siente afortunado y quiere volcar en Lucía su entusiasmo, pero no sabe cómo hacerlo sin parecer poco empático con el sufrimiento del animal, algo que ella detestaría. Aporta datos. Los que conoce, que son pocos. Que en el siete están los que pitan, que la corrida dará comienzo con el desfile de los toreros y sus cuadrillas, que saludarán. En ocasiones como esta, echa en falta ser menos vago, aplicarse más. Suena el pasodoble. Unas señoras cuchichean en la fila de delante, apuntan con disimulo. Él sigue la dirección que indican sus índices y entonces le ve. Está de perfil, más abajo, hablando con alguien. Su padre.

«Si se abre la puerta de un avión en pleno vuelo, la cabina se despresurizará en menos de un segundo, provocando un violento efecto de succión que arrastrará hacia el exterior a cualquier persona u objeto que no esté bien sujeto».

«Cuando la presión externa del agua excede dramáticamente la resistencia del casco de un submarino, en lugar de explotar hacia afuera, colapsa hacia adentro. El casco implosiona en milisegundos, aplastándose con una potencia desorbitada. Ocurre tan rápido que la muerte es instantánea».

¿Cuántas veces habrá fantaseado con esto? De pequeño, inventaba profesiones para su padre, que vivía (su madre se lo había confirmado), pero que, según él intuía, debía mantenerse alejado de ellos por fuerza mayor. Una temporada se convenció de que era un cartógrafo encargado de explorar selvas vírgenes para rellenar vacíos en los mapas. Otra le pareció factible que fuera un astronauta, enviado en una espinosa misión a una estación espacial. Luego creyó que era un espía trabajando para el Gobierno estadounidense y que, por lo tanto, se le obligaba a adoptar identidades falsas cuando les visitaba de incógnito (podía ser, por ejemplo, el quiosquero). Ponía él especial empeño en mostrarse amable con cada adulto, por si se topaba con su padre sin saberlo, lo cual llevaba a concluir que se trataba de un niño buenísimo (mentira). Más tarde le asignaría tareas de aventurero busca-récords, como escalar el Everest o descender en canoa el Sella o tirarse en paracaídas. Llegó a imaginar que su padre era Santa Claus, solución descabellada al entuerto. Cuando por fin se enteró del nombre (su madre se lo dijo estando él borracho), no le impactó como quizá cabría esperar. Le sorprendió, sí, pero también le cuadró. En Hércules, *la peli de Disney, el adolescente —ignorante aún de que sus padres mortales son solo padres adoptivos— habla de una voz en su interior que sugiere un origen honorable y un destino glorioso. Pues algo similar le había sucedido a él. Claro que su padre no era Zeus, pero el paralelismo cumple la función.*

—¿Estás bien? Te has puesto blanco.

¡Coño, Lucía!

—Sí, perdona, me he distraído…
—¿Qué miras?

Le hace un gesto.

—¡Oh! —exclama ella, desconocedora de que el asombro de ambos se compone de material distinto—. ¡Estamos a treinta metros!

Al principio a él le bastó con saber. Luego, al cabo de los años, quiso más. Necesitó más. Ahí se le fue la olla, no lo esconde. En un arrebato que solo puede calificar como locura, se le pasó por la cabeza enamorar a una de las hijas. ¡Una de sus hermanas! ¿O son medio hermanas? No pretendía llegar hasta el final (ni hasta el umbral), obviamente, pero sí que barajó la opción de estudiar sus movimientos y amistades, cruzarse con ellas en una fiesta o en Puerta de Hierro, seducirlas a nivel platónico para que le sirvieran de puente. Un poco como en esas novelas francesas que encantan a su tía, en las que un pícaro se las ingenia para ir escalando. En esa época dormía fatal y escenas raras se colaban en sus sueños. Su madre, una niña con cara de vieja, llorando. El cadáver de su madre en una cama, sobre un charco de sangre, y un bebé en el suelo. Su madre en una cama, desnuda. Su madre en una cama, dando de mamar. Durante el día parecía un velero escacharrado, incomprensiblemente a la deriva en un mar calmo para el resto. Todo le salía mal. Es curioso, se había esforzado tanto en planear cómo encontrarle que nunca había pensado en qué decirle. Y ahora lo tiene ahí delante, con su nariz prominente y su papada, las entradas ocultas bajo un sombrero. Se ríe con un amigo.

Aparece el primer toro, pero a él no le importa. Ya nada le importa. Ni Lucía. Lucía, de hecho, ahora le estorba. Ojalá no se dirigiese a él, no se agarrase a su brazo, asustada, cuando algo ocurre en la arena (las crónicas alabarán el ejemplar, encastado, bien aprovechado por el torero). A él no le importan ni el toro ni el torero ni Lucía, le importa su padre. Lo mira con unos ojos que no miran, beben. Se bebe con los ojos la imagen viva de su padre, existiendo en carne y hueso a escasos palmos de sí mismo, el hijo sin padre. Sus ojos no dejan en paz al padre. Sus ojos se comen al padre con la voracidad con la que Saturno se comía a su hijo. De pequeño lo llevaron de excursión al Prado y, viendo el cuadro de Goya, se mareó. De mayor volvió una mañana en la que debería haber estado en la universidad y se puso frente a «Las Meninas» y frente a un retrato de Felipe IV y frente a un retrato de Carlos II y frente a un retrato de los Reyes Católicos y frente a un retrato de Fernando VII. Repitió el primer curso porque suspendió casi todo y luego le echaron y tuvo que matricularse en otra universidad privada que, bueno, era peor. Los toreros brindan los toros a su padre, su padre responde con amabilidad.

—Estás sudando…

Es Lucía. Que se calle, piensa. «No pintas nada», piensa. «Vete», piensa.

—Sí, no me encuentro muy bien…
—¿Te acompaño al cuarto de baño?

Vete. Vete. Vete.

De pronto, una idea. Se toca la tripa, se mueve para evidenciar que está incómodo, se queja. «Será un virus, el mismo que ha pillado Joaquín», dice. «No sé si voy a aguantar». Ella se ofrece a comprar una botella de agua, reitera su disponibilidad. Él continúa con la farsa, exagera (quizá de más). Le pide salir un momento, ella va con él. Hace caso a lo del cuarto de baño, se mete y ella espera fuera. Se mira en el espejo, se moja un poco el pelo. Camina de un lado a otro, pierde el tiempo aposta. Su inquietud no es fingida, está frenético. Abre la puerta y la ve, ahí plantada, con su trajecito de punto, elegido probablemente para impresionarle, su propio jersey encima, los mechones ondulados encuadrando su cara, asimétrica pero resplandeciente, y le enternece y la desea y se odia por lo que está a punto de hacer (duda un segundo si hacerlo o no, pero ya habrá tiempo para Lucía).

—Creo que me voy a tener que ir a casa, me estoy muriendo…
—¿En serio?

El volumen inconmensurable de la contrariedad se materializa en cada centímetro del rostro, de repente en vías de descomposición. Come de su mano, está claro, y él siente orgullo. Vuelve a querer besarla, pero se centra en lo primordial: se aproxima a ella pesaroso, cabeza gacha, y la conduce al exterior, mascullando un sinfín de excusas (esbozadas con brusquedad, sin cohesión) para justificar que se marchen por separado. La guía, presionando su espalda. Ella no entiende; él sabe que le tocará hacerse perdonar, pero ese es un problema que corresponde al futuro y que solucionará mañana: ahora la mete en un taxi (la empuja, poco menos) y espera a que el coche se aleje lo suficiente. Ya a salvo se gira y corre hacia la plaza, enseña la entrada, sube a saltos las escaleras, busca su sitio y clava los ojos en el objetivo (que, comprueba con alivio, no se ha movido). Su pierna derecha bota y rebota en un tembleque insoportable. El barullo llega a sus oídos amortiguado, ni se entera de lo que pasa abajo. Las crónicas referirán que abroncaron a Úbeda con razón, que Rafael de Luna paró los relojes de la historia, que Madrid rugió. Madrid ruge y él es un puma. Ceño fruncido, mandíbula en tensión. Si se le escapa hoy, no habrá otra oportunidad. El tiempo es maleable, como la plastilina. Rafael de Luna ha parado los relojes de la historia. Los minutos se eternizan. Naturalidad y estilo, dirán las crónicas. Toreo vertical. Embestida bronca. Veroniqueo esmerado. Estocada efectiva. Todo eso dirán las crónicas. Pero a él no le importa. A él le importa el gesto de la mano de su padre, su sonrisa, las patas de gallo que secundan las hipótesis sobre su carácter. En el último tercio del sexto toro, se levanta y sale, adelantándose. Se apresura para colocarse en el lugar preciso, el lugar perfecto, y aguarda. Aguarda, aguarda, aguarda.

Hay otras puertas (una más importante, otra más discreta), pero se ha activado en su interior una fe ciega que, como brújula infalible, pauta su devenir inmediato. Oye los aplausos, que luego se reducen, y ve cómo la masa de gente empieza a aglomerarse en los alrededores. Y entonces, sucede: su padre, saliendo por la misma vía que él acaba de franquear, custodiado por un grupo de personas que incluye a varios responsables de seguridad.

«¡Viva España!», chillan voces tras las vallas de contención. «¡Viva España!».

Él sigue la trayectoria de la comitiva a unos metros de distancia, desplazándose en paralelo, y, cuando se encuentran ya a pocos metros del coche, se abre paso, valiéndose de su corporeidad privilegiada (es muy alto), y grita «¡señor!, ¡señor!». No se para, consciente de que acercarse tanto no está permitido y de que quizá le consideren peligroso e intenten apartarle o reducirle, pero impulsado, no obstante, por una fuerza que lo instiga y le hace sentir invencible.

—¿Señor?

Su padre está a punto de entrar en el coche, le han abierto la puerta.

—Señor.

Un escolta trata de detenerle. Su padre se percata de la interacción y, con un movimiento de cabeza, autoriza que se aproxime mientras él se mete en el asiento de atrás. Toda la vida de un chico aglutinada en ese instante.

—Soy hijo de Adela, señor.
—¿Adela?
—Sí, Adela. Quiero conocerle desde que nací.

Especifica la fecha en que vino al mundo.

—Adela. Adela..., repite el hombre.

Su expresión varía a cámara lenta, de lo que el hijo interpreta como desconcierto inicial hacia un gradual entendimiento, culminándose la mutación en un estupor que precede al pánico. El tiempo se densifica, avanza como quien nada a contracorriente: cada segundo que pasa dura tanto como cada año que el hijo ha pasado sin su padre. Él comprende que su padre ha comprendido. O eso juraría, no puede estar seguro. El hombre separa los labios, ¿va a decir algo? ¿No? Cierran la puerta, el coche arranca y se aleja, hasta desaparecer.

Agradecimientos

Quiero agradecer a Manuel Guedán su confianza, disponibilidad, paciencia y, sobre todo, creatividad y estímulo. Había oído mucho acerca del valor de un buen editor y confirmo ahora que, en este caso, su respetuosa orientación ha sido fundamental para ensanchar mis capacidades. También a mi hermano, por instruirme en algunos temas que aparecen en el texto y sobre los que yo no tenía ni idea, y a mi madre y mis amigas, Marta, Lucía y Carla, por servir de lectoras y aconsejarme con honestidad y acierto. Gracias a ellos, el camino ha sido (y el resultado es) mejor.

TAMBIÉN EN LA COLECCIÓN EPISODIOS NACIONALES

EPISODIOS NACIONALES
Dicen que ha muerto Garibaldi
Jacobo Rivero
Fuego en el Palacio de Deportes

EPISODIOS NACIONALES
No a todo
Guillermo Zapata
El tamayazo

EPISODIOS NACIONALES
Cuando no se podía
Ana Useros
El asesinato de Manuel Indiano

EPISODIOS NACIONALES
Letizia en Vetusta
Martín Bianchi Tasso
La boda real

EPISODIOS NACIONALES
Yo podría haber sido Fidel Castro
Pablo Batalla Cueto
El Comandante en Galicia
Lengua de Trapo y Círculo de Bellas Artes

EPISODIOS NACIONALES
Nunca voló tan alto tu televisor
Silvia Nanclares
Transición en Moratalaz

Lengua de Trapo y Círculo de Bellas Artes
Libros que no son solo libros

Decana de las editoriales independientes, Lengua de Trapo nace en 1995 con la vocación de descubrir nuevas voces españolas y latinoamericanas. En los últimos años se ha especializado en literatura crítica: textos de ficción y no ficción que nos ayuden a interpretar nuestro pasado, entender el presente e imaginar lo que viene.

En 2023 la editorial emprende un proyecto de coedición con el Círculo de Bellas Artes para convertir cada publicación en una herramienta de debate y transformación en busca siempre del mayor impacto social posible.

lenguadetrapo.com
circulodebellasartes.com

Este libro está impreso con tipografía Sabon
tamaño 10,5 pt, en papel ahuesado de 90 gr.
Se terminó de imprimir en los talleres
de Kadmos en diciembre de 2025.